山野に咲く白百合

―天国の母に捧ぐ―

『我が生い立ちの記』より

奈田和美

序文

二〇二三年（令和五年）の新年は、昨年師走に降り積もった雪も溶けて、穏やかで静かな元旦の朝を迎えた。お正月に雪化粧の景色が見られないのは珍しい事のように思われた。

お昼前に、散歩がてら家の近くの道路の坂道を下って歩いてみた。道の両側の土手に生えていた雑草が刈られて薄茶色に枯れた長い茎葉を横たえていた。春になると、またそこに青い芽を出す種々の草花が生い茂り、季節ごとに色々な色の花を咲かせることだろう。そこからまた少し下って行くと、住宅地の生垣に、つやつやとした緑の葉っぱの間から赤い花や白い花が鮮やかに咲いたさざんかの花が目に留まった。私は、しばし立ち止まって、冬の寒さをものともせず美しく清らに咲いたさざんかの花を眺めていた。そのさざんかの花の清らな美しさに元気づけられて私は帰りの坂道を急いで上って行った。

穏やかだった新年初め頃の天候も一月末になると、十年に一度来ると言われる寒波が押し寄せ厳しい寒さとなり雪も降り積もってきた。

北陸の地、石川県金沢市から少し離れた郊外の町に移り住んで四年足らず、それまでは東京の都心に住んでいた私は、降り積もるほどの雪を見たのは、何十年ぶりのことだろうか。積もった雪を眺めながら、私は幼い頃のことを、懐かしく思い出していた。

物心ついた頃、私は島根県雲南市《うんなんし》三刀屋町《みとやちょう》坂本《さかもと》にある伯母（父の姉）の家に住んでいた。私がまだ四歳、もうすぐ五歳になる頃だったと思う。家のすぐ裏に、少し傾斜のある畑があったが、雪が積もると、そこで、兄たちが、竹で作ったスキーや木箱の底に竹スキーを打ち付けて作ったそりに乗って、滑ってはすぐ転び、また滑っては転び、何度も滑って転んで一人で半べそをかいていた私だった。溶けた雪で濡れた小さな毛糸の手袋をはずして、しもやけで紫色に腫れあがったかじかんだ両手に、ハーハーと息を吹きかけて温めた。雪で濡れた小さな毛糸の手袋は、きっと母が編んでくれたものであろうが、その頃、私は母の姿を見た事がなかった。

今、思い返して見る時、母は、太平洋戦争に軍医として出征した父の戦死をその頃になってやっと知ったのだった。三人の子供を育てる為に母は助産看護師になることを決意して、島根松江の実家に泊り、日赤看護学校に入学する為の準備をしていたのだったと、今ははっきりと知るのである。その時の母は、どんなに辛く深刻な思いだったことであろうか。その当時のことは、母から直接聞いたことはないが、私が奥出雲町《おくいずもちょう》三成《みなり》に住む伯父（父の長兄）の家から小学校に通っていた頃、伯父が母の話をしてくれた。伯父の話を聞きながら私は「お母さんは立派な人だなあ」と子供ながらも敬慕の念を抱いたものだった。

私は、戦死した父が医者だったことや伯父の勧めもあって、医学の道を選び、鳥取大学医学部に入学した。医者になって私がやりたかったことは、医療施設の整った大きな病院の医者として働くことではなく、無医村や離島など医療施設の十分でない場所で奉仕の心で働きたいと考えていた。

私が医学部三年生になった頃だったと思う。医科大学を卒業した先輩が、海外医療奉仕を目的とした「基督教医療奉仕会」という任意団体をつくり、賛同会員を募っていた。その時に私も友人から声がかかった。

「医療奉仕会」では、夏休みの期間を利用して、一週間の短期医療奉仕活動で韓国へ行く計画があると聞いて、私もその活動に参加した。韓国では、三チームに分かれて奉仕活動をすることになったが私は、地方のハンセン病施設に行くチームに加わった。私はまだ学生なので、患者さんを案内したり、処方された薬を渡したりするくらいのことしかできなかったが、先輩の医師や看護師がどんな人にも優しく親切で丁寧な態度で患者さんに接する姿を見て、医療奉仕は国と国との壁を越え、心の溝をわずかずつでも埋めて行けるということを実感した。過去に日本が韓国に対して犯した過ちは歴史上から消し去ることはできないが、その事実を真摯に受け止め、償いの心で医療奉仕をしたいという思いが沸き上がってきた。実際に韓国に行って韓国の医学生と共に学び、韓国の医療の現実を知りたいと思った。そしてその後間もなく私は、医学部の留学生として韓国のソウルに長期間在留することとなった。

その頃、母は東京江東区にある病院付属の産院で、助産看護師として働いていた。母は「基督教医療奉仕会」の会長に会い、会長から医療奉仕会について詳しい説明を聞いて賛同し、私の韓国への留学を承諾してくれたのだった。

韓国に留学後、母との文通が始まり、それは十年間以上も続くことになった。母からの手紙はいつも娘を思う愛の心情に溢れており、読んだ後は捨てがたく、多くは箱に入れて保管しておいた。私が帰国時に他の荷物と一緒に日本に持ち帰った母の手紙は百三十通以上もあった。今、その当時のことを振り返ってみる時、母に心配と苦労ばかり掛けてきた私だったが大学の休暇には帰国して母と一緒に過ごすことができ、天が与えて下さった貴重な楽しい一時だったと感謝している。

母は、大正、昭和、平成時代の戦中・戦後の波瀾に満ちた生涯を凛として精一杯に生き抜いて九十一歳で地上での生涯を閉じた。

私は、二〇〇八年（平成二十年）四月、お墓参りのため、故郷島根の仁多郡《にたぐん》奥出雲町三成に四十数年ぶりの帰省を果たした。その翌年二〇〇九年四月十八日に『我が生い立ちの記―天国の母に捧ぐ―』を書き終えた。その時、出版にあたり、東京に在住の中学の同窓生、仙石範子さんが全面的に協力して下さり、初版の出版に至ったのである。私がこの書を執筆する直接のきっかけは、お墓参りをすませて東京に帰り、安井《やすい》杲重《たかえ》さん宅にお礼のお電話をした時の杲重さんの言葉だった。「和美さんに会えて、昔の思い出話が聞けてよかった」ことなど話された後、「終戦直後の混乱していたその頃は、皆が苦労はしたけど、お母さんや和美さんのような生き方をした人は珍しいと思う。その頃のことを知る人もだんだん少なくなって行くし、お母さんのことや和美さんの思い出など書いてみるといいね」と勧める励ましの言葉を頂いたことだった。

また、私がまだ韓国にいる頃、夏休みや冬休みに帰国した時、母がぽつりぽつりと語る昔の思い出を聞きながら、「お母さんのこと書いてあげたいな」と思ってはいたが、自分の論文を書くだけで精一杯でそのままになってしまっていた。母自身も、あそか病院を退職したら自分の「一代記」を書いてみたいという思いを持っていたようで、ソウルにいる私宛に届いた一九八三年四月九日付けの手紙に次のように書かれている。

（前文略）退職後九日も過ぎましたけど色々と手続きやら、外の仕事がありまして忙しいです。
（中略）まだ落着いて家の中の片付けも出来ないです。私の一代記も何時になります事か？外の仕事が片付けば内の中の片付け（十五年間もの）をせねばなりません。残り少ない人生何時まで續く事でしょうか？

ソウルでこの手紙を受け取った時は、母が書いた「私の一代記も何時になります事か？」という文面を読んでもあまり気に留めることはなかったが、母が亡くなって後、生前の母のことを思うたびに、母は実際には書けなかったけれど、本当に自分の一代記を書いてみたかったのだと思うようになった。

悲惨な戦争で人の尊い命が失われ、家族の幸せが奪われてしまったあの戦中戦後の激動の時代に母もまた愛する夫を失い、家族の幸せを奪われながら、自分の運命を背負って精一杯に生きぬいて来た。その証しに自分の一代記が書きたかったのだと気付き、私が母のことを書いてあげたいという思いが湧いて来た。母が書きたかった「一代記」は、私には書けないが、私が見て来た母や、母が私に話してくれたことなど「母の思い出」をたどることで、私の「母の一代記」であり、また「私の一代記」にもなるので初版の本の題名を『我が生い立ちの記』とした。本書は、悲惨な戦争が二度と繰り返されることのないように、この地球上の全人類が愛と信頼で結ばれた平和な世界が一日も早く実現することを心から願いながら綴った私の手記である。この書を出版するに当たり、私の又従兄弟の子にあたる安井杲重さんに『我が生い立ちの記』を読んで何か書き添えて欲しいとお願いしたところ、私の知らない父のことや母のことなど書いて下さった。出征する前の父の面影がしのばれて身近に優しい父を感じることができた。そして父が生きていたら私の家族一人一人の人生もまた変わっていただろうと思ってみた。

最後にこの本の出版にあたりご協力くださった安井杲重さん、小、中学校の同窓生仙石範子さん、故郷の広野美征さんをはじめ同窓の友の皆さんに厚く御礼申し上げたい。
現在、初版の『我が生い立ちの記』を出版してから、はや十四年の歳月が過ぎ去ったが、歳を重ねる毎に生前の母の面影がより一層深く偲ばれて切なさを感じることの多いこの頃である。今回出版する第二版の書名を『山野に咲く白百合』とした。『我が生い立ちの記』の中の「母の思い出」で描いた母のイメージが、風雨にさらされる山野でも凛として清らに美しく咲く白百合の如く感じられ、この書を天国の母に捧げたいと思う。そして初版で書き足りなかったことを書き加えたり、今まで感じなかった母や伯父、伯母への思いや、韓国滞在中に出会った人々、懐かしい友人への深い感謝の思いを込めて新たな執筆に至ったのである。

二〇二三年五月

筆　者

目　次

山野に咲く白百合

第一章　帰省

平成十九年（二〇〇七）十二月に職場を退職した私は、生まれ故郷の島根県奥出雲町三成《おくいずもちょうみなり》へ帰省して、かねてからの念願だったお墓参りをついに果たすことができた。

平成二十年（二〇〇八）四月二十日から四月二十三日まで三泊四日の日程で、東京駅発六時五十分、のぞみ号にて四十六年ぶりの帰省の途についた。小学校からの同窓の友、範子さんと滋子さんも私を見守るかのように一緒に来てくれたのでとても心強く、心安らかな帰省の旅だった。

岡山で伯備線の特急やくもに乗り換え、生山《しょうやま》駅で降りると範子さんの弟の山田さんが車で迎えに来てくれていた。曲がりくねった山の坂道を車に揺られて約五十分、懐かしい我が故郷三成に着いた。三成の町の建物や町並みはすっかり変わってしまっていたが、周りの山々や斐伊川《ひいかわ》の流れの清らかさは、昔と変わらなかった。

三成では、懐かしい友が温かく迎えてくれて、車酔いをした私もすぐに元気を取り戻した。

ふるさとの山はありがたきかな

友としばらく歓談した後、お墓参りの準備をしてすぐに石原の伯父・伯母のお墓のある安部家のお墓参りに向かった。今は誰も住んでいない石原の家の玄関先で、一緒に来てくれた友と写真を撮った。知らぬ間に友も私も童心に返り、雑草の生えた庭で草をむしったりしながらはしゃぎ回っていた。

三成石原の伯父の家の玄関先で（2008年4月20日）

小学校一年生入学の時から中学校を卒業するまで私を育ててくれた伯父・伯母のお墓に一刻も早くお参りしたくて私一人先にたって山に向かった。昔の記憶をたどりながら細い坂道を上って行った。急な坂道を上りつめ、お墓にたどり着いた時は、ジーンと胸が熱くなって「伯父さん、伯母さん、和美が参りました。長い間お参りできなくてごめんなさい」と心の中で詫びた。そして何よりもありがたく、うれしかったことは範子さん、滋子さんと三成に住んでいる同窓の友の美征さん、そして石原まで私達を乗せて車を運転して来てくれた範子さんの弟の山田さんが、一緒にお墓に参り、水を取り替えたりお花を手向《たむ》けたりしてくれたことだった。寂しかったお墓の周りが急に明るくにぎやかになりお墓の仏様がとても喜んでおられるように感じられた。そして長年の思いをやっと叶えたという安堵感と満足感に浸ったひと時であった。

帰り道、ゆったりした気分で周りの懐かしい野や山の景色を眺めていると、何とも言えないすがすがしさが胸いっぱいに広がってきて、心が洗われるような気分になった。ちょうど石川啄木がふるさとの山を見て歌ったように。

ふるさとの山に向かひて
言ふことなし
ふるさとの山はありがたきかな

帰り道、坂道の側の野原にわらびが群がって生え出ているのを範子さんが見つけ、はしゃいで摘み始めたのでみんなも楽しそうに手伝って摘んだ。お墓参りに来てくれたご褒美に仏様が下さったような気がしてうれしかった。

友と歌った仁多町町歌

夜は、三成駅前の川芳旅館にて歓迎の夕食会の席が設けられた。農繁期が始まろうとする忙しい時期にもかかわらず、故郷の友が十一人も集まってくれて懐かしい談話のひと時を過ごすことができた。

夕食会の最後に歌った仁多町町歌は、懐かしい友と四十六年ぶりに再会し、語り合えた歓びを胸に、感謝を込めて元気いっぱいに歌った。

仁多町町歌

作詞　萬羽きいち
作曲　長岡　敏夫

一、さわやかな朝のひかりに　猿政の峯はかがやく
仰ぎ見る希望の町よ　おおここにおおここに
人の和の花はひらきて　らんまんと仁多は栄える

二、野のめぐみ山のめぐみに　たくましき汗をたたえて
きおい立つ力の町よ　おおここにおおここに
生産の歌は響きて　高らかに仁多は脈うつ

郷里の友が開いてくれた歓迎夕食会で（2008年４月20日、川芳旅館）

三、斐伊川の清きながれに
　　吹く風もみどりゆたかに
　夢を呼ぶ光の町よ
　　おおここにおおここに
　土かおる文化おこして
　　とこしえに仁多は伸び行く

次回は、東京で会うことを約束し、最後にみんなで「ふるさと」の歌を歌って散会した。友との再会の歓びと感動はいまだ冷めやらぬまま私の心を温めている。

木次から坂本へ

翌日、四月二十一日は三成駅午前九時三十分発の木次線《きすき》で一人、木次へと向かった。高校時代の三年間、お世話になった木次の川本の叔父・叔母のお墓参りと小学校入学までの間、私の面倒をみてくれた三刀屋町《みとやちょう》坂本《さかもと》（旧飯石郡《いいしぐん》中野村）の伯父・伯母のお墓参りをするためだった。

　三十分ほどで木次駅に着いたが、駅前には高いビルや三刀屋方面につながる広い道路もできて、昔とはまったく様子が変わっていた。しばらく立ち止まって昔の道を思い起し確かめながら歩き始めた。

　木次駅から歩いて五分ほどのところに川本医院がある。そこで私は高校時代の三年間を過ごした。母の妹の叔母は、私をいつも「和美さん」「和美さん」と呼んでは、おやつをくれたり、一緒に散歩に連れて行ってくれたりしてとても優しくしてくれた。叔父は医者で、ほとんど顔を合わせることはなく、あまり話したこともなかったが、私のことを気に留めていてくれたようだ。その叔父は、すでに横田高校に入学が決まっていた私を、当時小学校四年生だった娘の勉強をみながら、川本医院の自分の家から三刀屋高校に通うようにと三成の伯父に頼んだらしい。その頃、私は、高校入学前の春休みを坂本の伯母の家で過ごしていたので、横田高校から三刀屋高校への転校の手続きが取られていたことも知らずにいた。昭和三十五年当時のことなので、電話はまだ一般家庭に普及しておらず、坂本の家にも電話はなかった。

　そんなある日、坂本の隣の家から私に電話との知らせがあった。隣の家には掛谷《かけや》の役場に勤めている息子さんがいたので電話が付いていたのだろう。

「高校は、木次の川本から三刀屋高校に通うことになった。転校の手続きはもう済ませてあるからそう心得ておくように」という三成の伯父からの電話だった。今まで慣れ親しんだ三成の地を離れ、不慣れな川本の家で生活するのだと思うとちょっと不安だったがそうするしかなかった。こうして私は、昭和三十五年（一九六〇）四月、三刀屋高校に入学し、三年間を木次で過ごした。

私が三刀屋高校に入学した時、小学一年生だった従弟が今は内科医になってお父さんの後を継ぎ、来院する多くの患者さんを診察している。夫婦共に病院の仕事で忙しい時間なので、ちょっと立ち寄って挨拶を済ませると、すぐ墓地へと向かった。町の様子も昔とは変わってしまっていたが、町の後ろの高い土手の上にある桜の並木道は昔のままだった。懐かしくて歩いてみたい気持ちだった。

従弟が墓地への道順を記したメモを渡してくれたし、高校生の頃何度か行った記憶があったので、町の通りを少し上がって行くとすぐ墓地を見つけることができた。お墓はきれいに掃除されていて以前に来た時と変わらない様子だった。お花とお線香をお供えし、叔父・叔母のことを想いながら墓前で長い間手を合わせた。

帰りに、お墓参りに行く時に寄ったお花屋さんで、もう一度お花を買って木次駅へと向かった。十一時三十分に坂本の家から迎えに来てくれることになっていた。私が高校生だった頃は、木次から三刀屋まで二十分おき位にバスが往復していたと記憶しているが、今は午前中に二回、午後二回しかない。三刀屋から掛谷方面に行くバスはなくなって広島行きの高速バスが通っているだけだということだった。

坂本の家には、高校一年生の時、村の神社の秋祭りに行ったことがある。坂本の伯母は私が中学一年生の時亡くなってもういなかったが、三成の祖母の実家から坂本に嫁いだ杲重《たかえ》さんが、木次の川本の家にいる私をお祭りに呼んでくれたのだった。その時、坂本の伯父はまだ元気だった。客間で御馳走をいただいている私のところに時々顔を出しては、私の幼い頃のことを懐かしそうに話していた。

木次駅のベンチに腰掛けて待っていると、ちょうど十一時三十分に杲重さんが入って来られた。もう七十歳を過ぎているのに顔はつややかでとても元気そうである。杲重さんは、私の手を握り「和美さん、変わった！」と言われた。高校一年生以来の四十八年ぶりの再会だから、変わったのは確かだが、年を重ね「変わった！」と言われるほどに老いてしまったのかと思うと内心、一抹の寂しさを感じた私だった。車は杲重さんの息子のお嫁さんが運転して来られた。昔は三刀屋の町の中の狭い道路を車が通っていたが、今は町の外側にまっすぐ通り抜ける広い国道ができていた。外の景色を見ているうちに、あっという間に家に着いた。木次駅を出発してからまだ十五分も経っていなかったので、驚いた。昔は木次駅でバスに乗り、三刀屋で乗り換えて、家に着くまでに一時間くらいはかかったが、今は、木次からまっすぐに家のすぐ前を国道が通っていた。もう茅葺き屋根の家は一軒も見当たらない。

坂本の家も外観はすっかり変わっていて、私一人では訪ねて行けそうになかった。家の中も改造されていたが、表側の部屋は以前とあまり変わっていなかった。私は、懐かしさでいっぱいになった心で仏壇の前に座り、まず来訪の挨拶をした。金色に輝く大きな仏壇は昔と変わることなく厳かにそして優しく私を迎えてくれた。

昼食にいただいた竹の子と蕗《ふき》の葉の煮物は、昔食べたあの懐かしい味だった。そのおいしさにますます食欲をそそられた。

昼食後、私は坂本の家の周りをぐるっと回り、裏の山の方に行ってみた。幼い頃、近所に友達のいなかった私は、よくこの山に上って一人で遊んだものである。山の上り口のところに丈の低い幹の細い椿の木が一本あって春先になると、毎年赤い花をたくさん咲かせた。その椿の木の枝や葉に触りながら、私はよく話をした。「きれいな花、たくさん咲いたね」「元気かね。誰も見てくれないけど、一人でさみしいないかね」などと。その椿の木は、今は直径十センチ以上もあると思える太い幹になり見上げるほどに丈も高くなっていた。私は、その太い幹をパンパンと叩いて「こんにちは。久しぶりだね」と挨拶をした。もちろん言葉で返事はなかったが、私のことを覚えていてくれたような気がした。山を少し登ったところにある竹林の竹も太くがっしりとして空に向かって高くそびえ立ち、長い歳月の流れを感じさせた。

家に帰ると、お昼寝をされた杲重さんも起きておられて、一緒にこたつにあたって昔の思い出話に花が咲いた。しばらくすると、孫の雄太君がおかあさんの運転する車で幼稚園から帰ってきた。家族の愛を一身に受けて育った人懐っこい元気いっぱいの雄太君とすぐ親しくなった。それからみんな一緒にお墓参りに行くことになった。

安井家のお墓は、家のすぐ後ろにあった。昔は裏の山を少し上ったところにあったが、山の斜面が切り崩されて国道が通ったため、家の後ろの昔は畑だった場所に移されたのだ。お墓には庭の花壇に咲いていたチューリップや水仙の花が手向けてあった。杲重さんは、昔よりお墓が近くなったので、毎日お墓参りをするとのことだった。墓前のお花はまだ咲いたままできれいだったが、杲重さんはその花を取り除けて、私の持って来たお花を供えるようにと言われた。そしてお墓の伯父・伯母に「和美さんが…、和美さんが…と、言っておおなさったに、今日は和美さんがお参りに来ましたけんね」と報告された時は、ジーンと胸が熱くなった。深い感謝の思いで手を合わせていると雄太君が、私の横で何やらお経を唱え始めた。そして「なんまいだ、なんまいだ（南無阿弥陀仏）…」と、おばあちゃんに「もういいよ」と言われるまで手を合わせて祈り続けている。誰に言われるのでもなく、当たり前のようにするその様子は普段の生活の中で自然に身に付いたものであることがうかがわれ、何とも微笑ましく心温まる情景だった。そしてこんな温かい家族に見守られて眠っているお墓の伯父・伯母は本当に幸せだと思えてうれしかった。

家に帰ると、また、こたつにあたりみんなで和やかなひと時を過ごした。こたつの上いっぱいに、おやつのお菓子や煮物などが置かれている。それをいただきながら、私が幼い頃覚えている母のことや、坂本の伯父・伯母や三成の伯父・伯母の話をした。四時頃になると小学四年生の孫娘の香穂ちゃんが学校から帰って来てまたにぎやかになった。

その夜は、帰省して懐かしい友に会え、念願のお墓参りも無事に済ませることができたことを天に感謝して安らかな心地で床に就いた。

翌朝、ちょうど床から起き上がった時、香穂ちゃんが「おはようございます」と言って入ってきて、すぐ奥の間に入っていった。手には仏前にお供えする炊き立ての温かいご飯の入った器を持っている。仏壇は、私の寝ていた部屋を通って入る奥の間にあったからだった。「おはよう」と返事をしながら、幼い頃私も同じことをしていたのを思い出した。伯母が毎朝、炊き立てのご飯をご仏前用の器に盛り、私に渡したものを仏前にお供えして両手を合わせたものだった。その習慣が今も受け継がれ続いていることに気付いて昔に帰ったような懐かしさを感じた。

家族がみんな一緒に朝食をし、最初に香穂ちゃんが学校へ行く。みんなが玄関まで出て行く。「行ってきます」、「行ってらっしゃい」とあいさつを交わした後、香穂ちゃんは「お父さん、お父さん」と呼んでいる。香穂ちゃんは歩いて学校に通うのだが、家のすぐ前が国道で朝の通勤の車がひっきりなしにスピードを出して走っているので道路を横切る時は、注意して渡らないと危ない。車が少し途絶えた時にお父さんに見守られて渡るのが日課になっていたからだった。香穂ちゃんを見送った後、少ししてお父さんが車で出勤。最後に雄太君がおばあちゃんに見守られて、お母さんの車で幼稚園に行く。こちらでは毎日、当たり前のように行われていることだが、私にはそれがひとつひとつみな新鮮で、心温まる光景に見えた。

三人を見送った後、もう一度お墓参りをして、お別れの挨拶をした。坂本の家で一夜を過ごし、家族の和やかで心温まる生活を実感した私は、安心した心持ちでお墓の伯父・伯母にお別れすることができた。

今日、二十二日は、帰省を共にした滋子さん、範子さんと合流して松江観光をする予定になっている。

木次駅十時十四分発の列車で松江に向かうため、九時半には懐かしい坂本の家を後にした。来た時と同じように車で木次駅まで送ってもらったが、途中、三刀屋の町中を車でぐるっと一回りした。私の通った三刀屋高校や昔、バス乗り場の待合所のあった場所や三刀屋天神社など杲重さんの説明を聞きながら高校時代のことや、伯母がお参りに連れて行ってくれた三刀屋天神のお祭りで迷子になったことなど、懐かしく思い出していた。

木次駅に着くと、駅前では長らく駐車ができないので、車を降りてすぐお別れとなった。

懐かしい坂本の家で、一日ゆっくりと和やかな語らいの時を過ごすことができたことへの深い感謝の思いを込めて、私は車が見えなくなるまで手を振り続けていた。

松江市内観光

宍道《しんじ》駅のホームで滋子さん、範子さんと落ち合い、松江に向かった。松江駅は広く大きく変わり、町は道路が広くなり街並みも変わってしまっていたが、何となく穏やかで落ち着いた城下町らしい雰囲気は昔と変わりなく感じられた。

松江には、母の実家が佐草町《さくさちょう》の八重垣《やえがき》神社のすぐ隣にあるので、子供の頃はよく来たことがあった。今、思い出すのは幼い頃私がまだ坂本にいた頃、母に連れられ、松江から佐草の方に抜ける細い山道の近道を長い間歩いて行った時のことである。母は私が歩き疲れてべそをかかないように、楽しい話をしたり童謡のような歌を歌ったりして元気付けてくれたことを覚えている。

もう一つは、坂本の伯母に連れられて松江に出た時のことである。松江の町を歩いている時、果物屋さんの店先に黄色く熟れたバナナが一房並べてあるのを見つけた。バナナが食べたくなった私は、伯母に「バナナ買って！買って！」とせがんだ。今なら廉価で当たり前に手に入る果物だが、昭和二十年代の頃だから、一本でも相当に高価なものだったと思う。

「ねえ、買って！買って！」としきりにせがんで、そこから動こうとしない私に、伯母は困り果ててしまった。その様子を見ている店のおばさんに伯母は、一本いくらするか尋ねた。相当高かったらしく伯母は困った顔で、私をあきらめさせようとした。私も事情が分かりあきらめて伯母と一緒に店を立ち去ろうとした時だった。店のおばさんが後ろから「あのー、半分でも良ければ売りますよ」と声をかけた。伯母は引き返し店に戻り半分を買うことになった。店のおばさんは、店先に置いてあった一房のバナナから一本をもぎ取り、その一本を包丁で半分に切って私に渡してくれたのだった。伯母は申し訳なさそうに残りの半分のバナナのことを気にしていたようだが、店のおばさんはさっぱりとした声で「売れなきゃ家の者がいただきますよ」と笑いながら話すのが聞こえた。その半分のバナナは、如何ほどだったかは知らないが、私はその上等な果物を片手でしっかりと握り、伯母について歩きながら少しずつ皮をむいて食べた。初めて食べたその味は、甘いりんごに似たような味だった。

バナナが欲しくても高価で買ってもらえず、諦めて行こうとする私を店のおばさんは、かわいそうに思い見るに見かねて呼び止め、バナナ一本を半分に切って渡してくれたあの時のことを今思い出すと、店のおばさんの優しさが伝わってきて、伯母への懐かしさとともに目頭が熱くなってくるのである。

四月二十二日の松江観光は、松江駅から徒歩で松江城、小泉八雲記念館、武家屋敷を巡った。いずれも昔のままの風情がそのまま保たれていて、穏やかでゆったりとした気分になり疲れが癒された。最後に「船頭ですが、船尾にいます」と自分を紹介した船頭さんのユーモアたっぷりの案内で、船を降りるまで笑いの絶えなかった堀川めぐりでその日の日程を終えた。

旅の終わりの日、二十三日は朝から安来にある足立美術館に向かった。安来駅からシャトルバスで約十五分で美術館に着いた。五万坪の広さのある日本庭園は、五年連続「庭園日本一」と言われるだけあって、美しい絵画を観ているような閑雅で素晴らしい風景を味わうことができた。館内に展示されている横山大観をはじめ、川合玉堂、橋本関雪、河井寛次郎、北大路魯山人などの作品を鑑賞してゆっくりくつろいだ後、タクシーで米子駅に向かった。米子の町も四十年前とはずいぶん変わっていたが、米子駅前のロータリーや駅の建物を見た時は、昔のことがしのばれて懐かしかった。米子駅発十五時二十四分の特急やくもに乗車、帰路についた。岡山駅発十七時四十九分の新幹線のぞみにて一路東京へ。二十一時十三分に東京駅に到着した。帰省の旅の行きも帰りも滋子さん、範子さんと共にできて大変心強く、二人の優しさに包まれて心温まる旅を終えた。

第二章　母の思い出

母は平成十八年（二〇〇六）十一月十六日、午後三時五分、あそか病院のベッドで静かに九十一歳の生涯を閉じた。あそか病院は母が東京に出てきて後、助産看護師として十五年間働いた病院だった。

法名は釋尼香美。波瀾に満ちた生涯を凛として美しく精一杯に生き抜いた母にふさわしい法名だと私は思う。母の生家は、島根県松江市佐草町《さくさちょう》で、出雲の神話『八岐大蛇《やまたのおろち》』で、大蛇を退治した素《す》戔嗚尊《さのおのみこと》（須佐之男命）が櫛稲田姫《くしいなだひめ》（櫛名田比売《くしなだひめ》）と結婚して住んだ処で、縁結びの神社として知られている八重垣神社の生垣を隔ててすぐ隣にあった。母は開業医の父と助産看護師の母の三男五女の三女として生まれた。子供の頃の母は、近所の友達と八重垣神社の境内で遊んだり、神社の裏にある鏡の池に沈んでいる硬貨を拾い上げるいたずらをしたりして遊んだそうだ。ある日、友達と鏡の池から少し奥に入って、山に登って行った時、若い男女の死体を見つけ、驚いて走って帰り、近所の人に知らせたそうだ。その時、医者だったお父さんが、検死のため警察の人と同行したという。

女学校時代の母

お正月には、百人一首のかるた取りに興じ、友達の家で夜を明かして朝帰りをしたことも度々あったが、もともと百人一首の大好きだった両親はそれをとがめることはなかったそうだ。母はまた、調剤した薬を包むのを手伝ったり、患者さんの履物をそろえたりしてお父さんの仕事を手伝い、十歳以上も年下の弟をおんぶしたり、遊び相手になったりする気のよく利く優しい姉でもあったようだ。松江高等女学校時代は、短距離走の選手をしていたので練習する日が多く、勉強はあまりしなかったという。

このような話は、母が東京に住むようになり、あそか病院を退職した後、私が夏休みや冬休みに韓国から帰って来た時に、母がぽつりぽつりと話すのを聞いて知ったことである。

八重垣美人と言われたという私の祖母は、私が三歳くらいの時に亡くなったのでよく知らないが、祖父のことは少し記憶に残っている。背が高く、頭の髪が真っ黒でふさふさしていて頑丈そうに見えた。私を見てにっこり笑って何か話しかけたようだがよく覚えていない。

祖父は八十四歳で天寿を全うした。看護師の資格を取った母が床に臥した祖父を最後まで世話をしたそうだ。その時祖父は、母に「他の子供たちはみんな夫婦そろっているのに美代さんだけは一人なので、いつも気にかかっていた」と話したそうだ。

祖父は自分の臨終の時を知っていたようで、子供達を全員呼び寄せるようにと家族に頼んだ。子供達夫婦が来ると、祖父は目をつむったままだったが、誰が来たかがはっきりわかっていて、一人一人にその人にふさわしい助言を与えたり、勇気付けたりしたそうだ。そして家族全員がそろい見守る中、祖父は最期にはっきりとした声で「天下泰平！」と言って息を引き取ったという。まさに立派な大往生を遂げた祖父であった。

我が幼少期の母

私が物心ついた頃は、現在の雲南市三刀屋町坂本の伯母（父の姉）の家にいた。当時の住所は飯石郡中野村大字坂本だったので、私は「中野のおばさん」と呼んでいた。そこの納屋に母と兄二人と一緒に住んでいた。母は、草刈りをしたり、畑仕事をしたり母屋に行って仕事を手伝ったりしていてほとんど家にいることはなかった。また、母が食事をしている姿を見たこともなかった。納屋の土間の隅に七厘《しちりん》（土製のこんろ）を置いてそこで母が味噌汁を作っていたのを覚えている。納屋の部屋の片隅に小さな食卓があって、私達兄妹三人はそこに座って食事をした。ある朝、母が伯母がくれたと言って一個の卵を大事そうに握って入って来た。それは産みたてのまだ温かい卵だった。母はそれを割って皿に入れ、食卓の前に座っている三人に「（ご飯の）真ん中に穴あけて」と言って、割った卵を三等分にしてご飯の上に流し入れ始めた。三人は「そっちが多い」「こっちは少ない」と口げんかして自分が少しでも多い方をもらおうとしたことを覚えている。その頃中野の家では、雌牛一頭と放し飼いの鶏が五、六羽、うさぎが一羽飼われていた。鶏はたいてい毎朝、卵を産んだ。母屋の土間のすぐ横にある牛舎の前の敷きつめたわらの上の丸くくぼんだところに一つか二つの卵があるのをよく見かけた。産んだ卵は、蛇などに食べられないようにすぐ取って母屋の台所の戸棚の中のかごに入れられた。かごがいっぱいになると、卵は売りに出され生活の足しとなった。卵が家で食べられるのはたいていお正月かお祭りの日くらいだったので大変なごちそうだったのである。あの日、母が私達三人に三等分して食べさせてくれたあの一個の卵は、その日の朝、鶏の産んだ二つの卵のうちの一つを伯母がくれたものだったであろう。今、あの時のことを思い返すと、食糧事情の乏しかったその当時、母は伯母に分けてもらった一個の卵を、自分は口にすることもなく三人の子供達に食べさせて、にこにこしていた母のその深い愛が心に沁みて胸が熱くなってくるのである。

秋の収穫時になると、納屋の土間には脱穀機が置かれ、部屋には米俵が積まれた。

その時には私達家族は、部屋の奥の片隅に敷かれた畳四枚ぐらいのところに布団を敷いて寝たり、納屋の二階に上がって寝たりした。いつ頃からだったかは覚えていないが、知らぬ間に私は母屋で伯母といっしょに寝るようになっていた。

二人の兄が中野村の小学校に通い始めていた。下の兄が小学校へ入学した頃、母に叱られながらべそをかきかき勉強をしていたのを覚えている。私はその側で、それを見ながら平仮名や数字を覚えた。

ある日、季節はいつ頃だったかはっきり覚えていないが、多分、春のはじめ頃だったと思う。寒くもなく、暑くもない天気のいい日だった。母は、私を連れて裏山に薪《たきぎ》にする枯れ木の小枝を集めに行った。集めた小枝を小さな束にしてそれを背負って帰る途中、母は急に咳き込むように道端にしゃがみこんだ。私は驚いて「お母ちゃん！」と言って側にかけよった。不安そうな顔でのぞき込む私に母は振り向いて「大丈夫だよ」と言って立ち上がった。その眼には涙があふれていた。私は、母のことが最初はちょっと心配だったが、母は先にたっていつものように歩き始めたし、背負った枯れ木の束も少なくてそんなに重そうにも見えなかったので、内心ほっとして後について家に帰った。母と一緒に裏山に上った記憶はその時一度しかない。その時の私には母のあの涙が何だったのか知る由もなかった。

同じ頃のことだったと思う。ある夜遅く目を覚ますと、私は納屋の一階に出してあったこたつで一人寝ているのに気がついた。母は部屋でまだ何か仕事をしていた。いつもなら母屋で伯母と一緒に寝ているはずなのにどうしてここにいるのだろうと思った私は、寂しくなって「おばさんとこに行く、おばさんとこに行く」と言ってむずかった。母は、仕方なく私を母屋に連れて行った。伯母の寝ている部屋の前まで送ってくれた母の方を振り返った私は、目にいっぱい涙をため泣いている母の姿を見た。その時私は、「私が伯母さんと寝ると言ったので寂しかったのかな」と内心思いながら、ちょっと気になったがそのまま伯母の部屋に入って行ったのだった。

母と兄二人が納屋からいなくなったのはその頃だったと思う。気が付いたらいなくなっていたが、伯母と一緒に過ごす方が多かった私は母や兄がどこに行ったか、その頃尋ねた記憶はない。

今、思い起こせば伯母の寝ている部屋の前まで私を送った母が目にいっぱい涙をためて泣いていたのは、可愛い娘を坂本に預けて出て行かなければならない切ない別れの涙であったのだと思うと母が不憫に思えてならない。母は次の日、早朝に兄二人を連れて松江の母の実家の方に移って行ったのである。

母が父の戦死を知ったのは、終戦後三年半が過ぎた頃だった。戦死の知らせがなかったので、父は必ず帰ってくると信じて父の姉の家である中野（坂本）の納屋で暮らしながら、今か今かと夫の帰りを待ち続けたのだった。母はどんなにきつい野良仕事をしても、父がもうすぐ帰ってくると思うとぜんぜん辛くなかったという。

父は、出雲《いずも》三成《みなり》の町で開業医をしていた。父に召集令状が来たのは昭和十九年（一九四四）の春、父は三十八歳だった。私はまだ生まれて間もない赤子であり、兄は三歳と五歳の時であった。父は、陸軍軍医少尉として召集され、最初は広島の呉にいたと聞く。出征の前夜、父は自分の診察室に入ってぐるっと周りを見回してから、じっとそこに立ち尽くしていたという。そして「薬品は箱に入れて二階に上げておいたから子供たちに絶対触らせないよう注意するように」と母に言ったという。父が広島にいる時、母は面会に行ったのだが、父は南方出征前の一時帰省が許され、ちょうど三成に向かったところで行き違いのまま会わずじまいになってしまったそうだ。

母に宛てた父の手紙

父がフィリッピンに向かう船の中で書いた手紙にパパイヤを初めて味わったと書いてあったという話を母から聞いたことがあった。母が亡くなった後、遺品の整理をしていた時、母が年金手帳など大切なものをしまっておく缶箱の中から、父の書いたその手紙と、茶色に変色し左端の真ん中辺りがちぎれていて「所属部隊」の書かれた部分が全部はっきりと読み取れなくなっている父の戦死を知らせる「死亡告知書」なるものを発見した。

以下に母に宛てた父の手紙を記してみる。

二十六日午前九時半書

まにらに後五時間余りで到着します。十八日以来船中で蒸し暑くて食欲減退しました

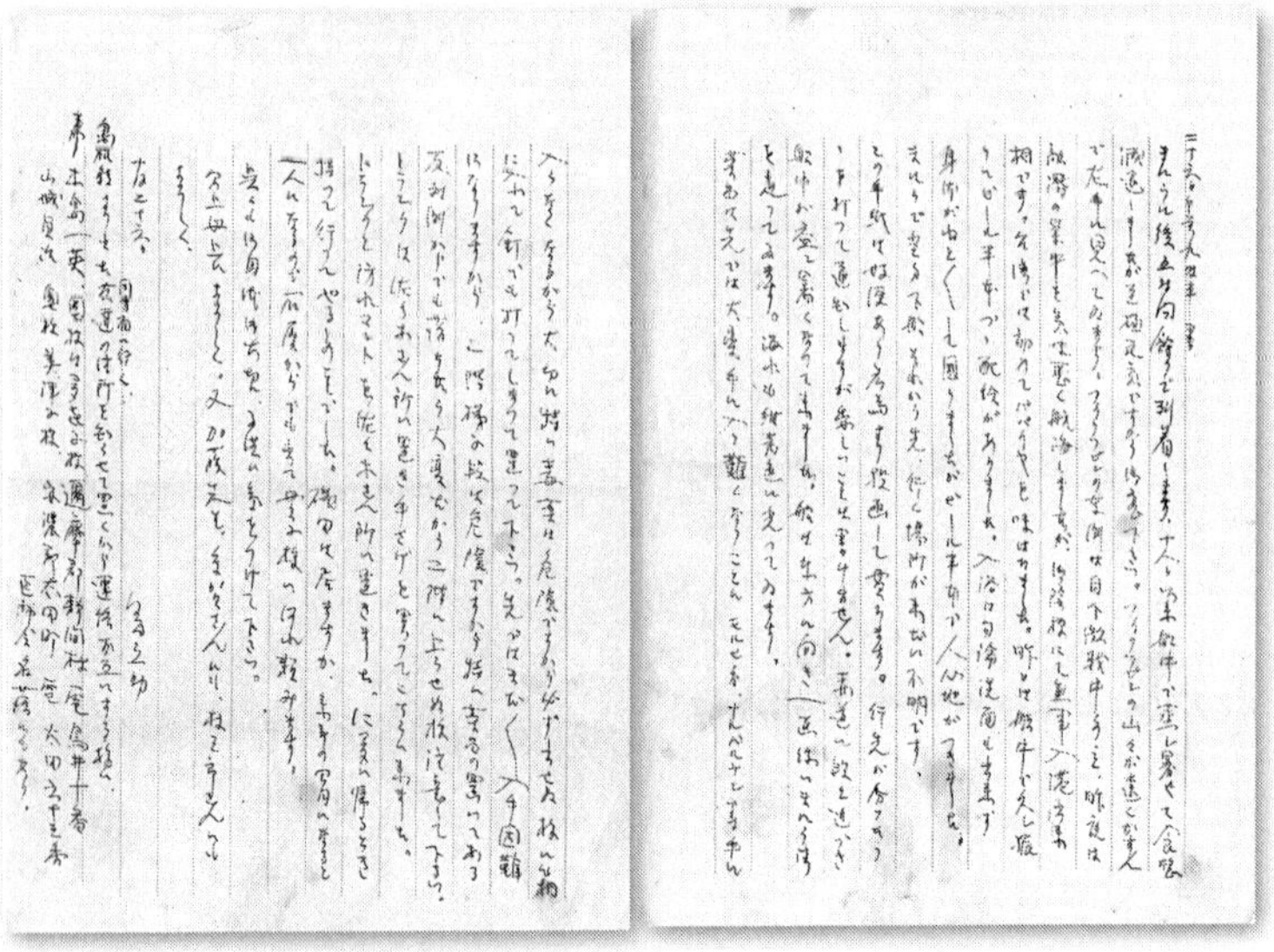

父がマニラ到着前の船中から母に当てた手紙（1944年10月26日付）

が至極元気ですから御安心下さい。フィリッピンの山々が遠くかすんで左手に見へてゐます。フィリッピンの東側は目下激戦中とのこと、昨夜は敵潜の巣中を気味悪く航海しましたが、御陰様にて無事入港出来相です。台湾では初めてパパイヤを味はひました。昨日は船中で久し振りにビール半本づつ配給がありました。入浴は勿論洗面も出来ず身体がねとねとして困りましたがビール半本で人心地がつきました。まにらで当分下船それから先、行く場所が未だに不明です。この手紙は好便あり広島より投函して貰います。行先が分かったら、を打って通知しますが委しいことは書けません。赤道に段々近づき船中が益々暑くなって来ました。船は東方に向き一直線にまにら湾を走ってゐます。海水も紺青色に光っています。

薬品は先では大変手に入り難くなり、ことにモルヒネ、サルバルサン等手に入らなくなるから大切に特に毒薬は危険ですから必ず出せぬ様に箱に入れて釘でも打ってしまって置いて下さい。先ではまだまだ入手困難になりますから。二階梯子段は危険ですから特に薬品の置いてある反対側からでも落ちたら大変だから二階に上がらせぬ様注意して下さい。トランクは佐々木さん所に置き手さげを買ってこちらに来ました。トランクと防水マントを佐々木さん所に置きました。仁多に帰るとき持って行ってやるとのことでした。礒田は居ますか。来年の四月になると一人になるので石原からでも出て貴子様に何れ頼みます。

呉々も御身体御大切に。子供に気をつけて下さい。

父上母上によろしく。又加藤先生、糸賀さんにも、林三郎さんにもよろしく。

十月二十六日　　冨之助

島根県より出た同方向に行く友達の住所を知らせて置くから連絡お互いにする様に
木島一英、奥様は多喜子様　邇摩郡静間村　電　鳥井十番

山城貞治　奥様　美津子様　　安濃郡太田町　電　太田六十三番
医師会名簿にもあり。

父の出征後、母は三成の町で三人の子供の世話をしながら家を守って暮らしていた。それから約一年が経った昭和二十年四月、三成の町は大火災に見舞われた。

空気が乾燥し、風の強い日だったので、一軒の家から出た火は見る見るうちに燃え移って広がり、風下の方にあった家屋はほとんどが全焼してしまった。みんなが慌てて家財道具などを近くの田んぼや畑に運び出したそうだ。母もみんなに手伝ってもらって家財道具などを運び出したそうだが、火事が収まった後見たら、出した物はほとんど残っていなかったそうだ。火事泥棒に持って行かれてしまったのだった。

住む家も家財道具もなくしてしまった母は、とりあえず三人の子を連れて石原の本家の納屋に住ませてもらったのだった。一歳を少し過ぎた私を、私より一つ年上の本家の男の子が棒を持って追いかけ、私がちょこちょこと走って逃げ回っていたそうだ。

その後、母と子供三人の中野（坂本）の納屋での生活が始まったのである。

話は中野の納屋で父の帰りを待つ母に戻る。

太平洋戦争が敗戦で終わり、出征して無事生き残った人達が次々と帰って来ていたが、父は終戦後三年過ぎても帰って来なかった。おかしいと思った母は、父が南方に行く船の中で書いて送った手紙に記された同方向に行った友人の医師に電話で問い合わせてみた。

すでに戦地から帰って久しくなっている医師は、母の問い合わせに「まだ、通知は受け取っていないのですか」と驚き、父が戦死した時のことを話し始めたのだ。昭和十九年十一月十三日の朝、フィリッピンマニラ湾でちょうど上陸しようとして甲板に出たところを敵の攻撃に遭った。皆がすぐに避難したが、父は避難場所が悪かったのか爆風で戦死したという。戦死の知らせはすぐに父の頭髪と手の指の爪と共に連絡船で日本に送られたそうである。知らせが届かなかったのは、その連絡船もまた敵の攻撃に遭い、沈没してしまっていたからであった。こうして母は、父の戦死を、問い合わせた父の友人

父の出征時の写真。前列中央の母の膝の上にいるのが筆者（1944年3月ごろ、三成町の実家にて）

の医師を通して初めて知ったのだった。父の「死亡告知書」はその後で受け取ったのだった。

母に宛てた手紙と一緒にしまってあった「死亡告知書」には、父の戦死について次のように記されている。

昭和拾九年拾壱月拾参日午前八時零分
比島マニラ湾　妙義丸内に於て戦死（爆死）せられましたので御通知致します
尚　市町村長に対する死亡届出は戸籍法第八十九條により当庁に於いて処理いたします

昭和二十四年一月二十日

島根県知事　原　夫次郎

留守擔當者妻　安部美代子殿

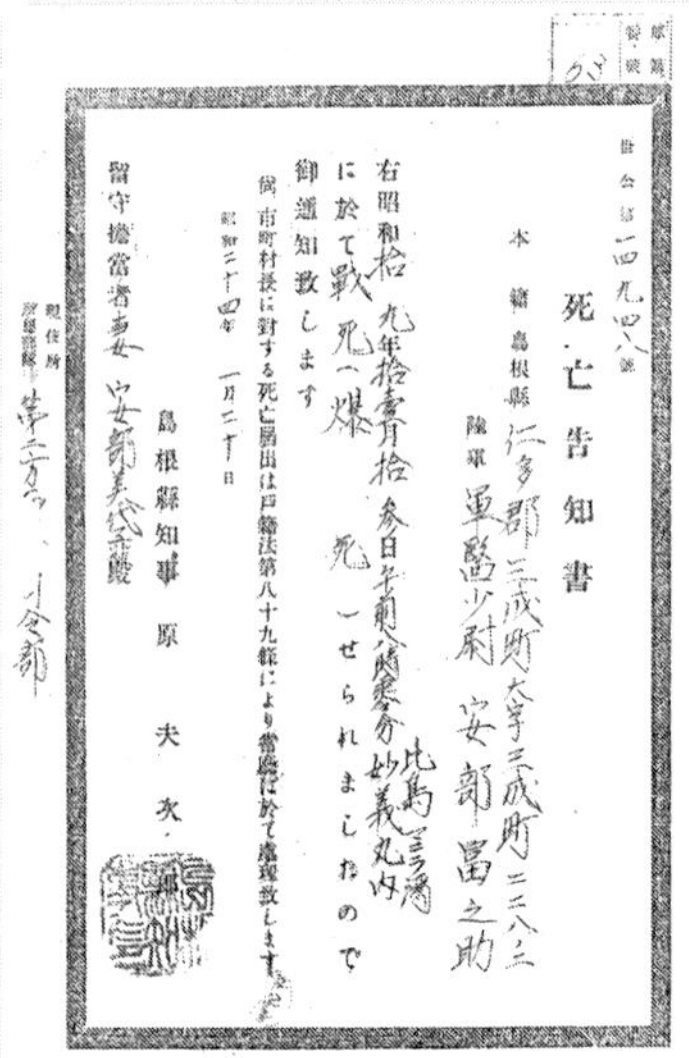
世会第一四九四八號

死亡告知書

本籍　島根縣仁多郡三成町大字三成町二三八三

陸軍　軍醫少尉　安部冨之助

右昭和拾九年拾壹月拾参日午前八時零分比島マニラ湾妙義丸内に於て戦死（爆死）せられましたので御通知致します

尚市町村長に對する死亡屆出は戸籍法第八十九條により當廳に於て處理致します

昭和二十四年一月二十日

島根縣知事　原　夫次

留守擔當者妻　安部美代子殿

死亡告知書

父が母に宛てて上記の手紙を書いたのが昭和十九年十月二十六日だからその後一か月も経たないうちに戦死していたのである。父の戦死を通知した日付は昭和二十四年一月二十日、父の戦死からすでに四年二か月以上も過ぎてしまっていたのである。

戦死の知らせがなかったので、終戦後、今か今かと夫の帰りを待ち続けていた母は、夫の戦死を知った時、どんなに辛く悲しかったことだろうとその心中を思うと胸が痛んでくる。

しかし母は、私が休暇で韓国から帰って来た時に聞いた父の話や、三成の大火災の時の話などをする時も、いつも淡々としていた。「辛かった」「悲しかった」「大変だった」というような負の感情を表す言葉を一度も使ったことがなかった。母の話には、その時の辛さ、悲しさを乗り越えいつも前向きに精一杯に生きて来た昇華された美しさがあり、まるでスクリーンに映し出された映画のシーンを見ているようだった。

野に咲く白百合の如く

父の戦死を知った母は、悲しんでいるいとまもなかった。三人の子供を抱え、今後どのようにして生きて行くかを考えなければならなかった。

その時のことは、母が直接私に話したことはなかった。私が三成の小学校に入学して二、三年経った頃だったと思う。

ある日の昼下がり、三成の伯父が居間の壁に寄りかかりしみじみとした面持ちで、その時の母のことを話して聞かせてくれた。三成の伯父は、戦時中日本の統治下にあった韓国で公立学校の校長をしていたが、終戦とともに引き上げ三成の両親のもとに帰っていた。長男である伯父は、弟の戦死を知って今後のことを話し合うため中野にいる母を訪ねた。伯父には子供がいなかった。伯父はその時三十二歳だった母に「美代さんはまだ若い。三人の子供は私が育てるから再婚しなさい」と言ったそうだ。その言葉を聞いた母はとっさに「このかわいい子供を置いて何で再婚なんかできますか。何としてでも子供は私が育てます。富之助さんの妻としてこれからも生きて行きます」ときっぱりと再婚を断ったそうだ。伯父は「お母さんは偉いよ」と最後にぽつりと言った。その話を聞いて私は、一緒に暮らしていなくてもお母さんがいてくれて本当に良かったと思い、母という存在の重みに気付かされたのだった。

伯父が中野（坂本）に来た時、四歳だった私はその人が誰かは知らなかった。ある日、庭で遊んでいると、前の田んぼのあぜ道をカーキ色の服を着た男の人がこちらに歩いて来るのに気がついた。私はうちに来るお客さんだと思いうれしくなってその人の方に走って行った。その人は若いおじさんだったが、私を見るとにっこり笑って私を抱き上げ、抱っこしたまま歩いて来て家の庭で下してくれた。そのあとのことは覚えていないが、その人はその日のうちに帰って行ったようだった。その後、その人は優しい軍人のおじさんのイメージとして私の記憶に残っていた。ずっと後になって

「中野にいる頃、家に軍人さんが訪ねて来たことがあるか」と母に尋ねてみたことがある。母はそんな人は来たことがないと言った。今思えば、その人は三成の伯父だったのだと納得できる。

母は、実家の父が医者で母が助産婦（助産師）の仕事をしていた環境の中で育ってきたので、看護婦か助産婦になろうと考え、その意向を伯父に伝えたようだ。母は、実家の父の世話で松江助産婦看護婦学校に通うことになった。私は中野の伯父夫婦が、小学校に入学するまで面倒を見てくれることになり、母は小学校に通い始めた兄二人を連れて松江の実家に移ることになった。

母が私を連れて中野の裏山に薪を取りに行った時に流した涙と、納屋で寝ていた私が、「伯母さんと寝る」と言ってむずかり、私を伯母の所に連れて行った時に流した涙は、育ち盛りの可愛い娘を中野に預けたまま行かなければならない切なく悲しい別れの涙だったのだと思うと、その時の母の心が伝わってきて母が不憫に思えて「お母さん、ごめんね」と心の中で詫びる今の私である。

その後、いつの頃か母がひょっこりと中野に現れて、水玉模様や赤紫の縞模様のかわいいワンピースを私に着せてくれたことを覚えている。そのワンピースは松江に住んでいる母の姉の娘で私より五つか六つ年上の従妹のお下がりだったようだが、そんなことは無頓着にそのワンピースを着てはしゃぎながら部屋の中を走り回っている私を母は嬉しそうに見ていた。そしていつの間にかいなくなっていた。

学校が夏休みになった頃だったと思う。私は母に連れられて母の実家、佐草に行った時のことを思い出す。後ろ庭で遊んでいた私は、玄関から一番離れた裏側にある四畳半ぐらいの部屋で、畳半畳分をはずした床板の上に七輪を置いてご飯を炊いている母の後ろ姿を見た。その時私は母に声はかけなかったが、ここがお母さんの部屋なんだと思った。母は毎日そこでご飯を炊き、二人の子供を学校に送り出しそれから自分も一里以上もある山道を歩いて松江の看護学校に通っていたのだ。後に私は、母から看護学校に通っていた頃の話を聞いたことがある。「試験があるのにぜんぜん勉強できんでな。朝、道を歩き歩きノートを見て一所懸命覚えて学校へ行ったわ。そげしたらちょうど覚えたとこが試験に出てな。ほんによかったわ。英語の先生が『今度の試験は安部美代さんが最高点でした。』とみんなの前で言われてな。私もびっくりしたわ」とうれしそうに話して聞かせた。

昭和二十六年（一九五一）三月、母は松江助産婦看護婦学校を無事卒業した。母は仁多郡《にたぐん》鳥上村《とりかみ》（現在は仁多郡奥出雲町《おくいずもちょう》鳥上）の診療所に就職が決まったらしいが、そこで働くためには保健婦の資格がなくてはならなかったのでさらに六か月保健婦になるための勉強を続けた。保健婦資格取得の試験の時、母は受からなかったらどうしようと心配だったらしいが無事合格して鳥上の診療所に勤めることになったのだった。

私は、母が松江助産婦看護婦学校を卒業した年の昭和二十六年四月に仁多郡三成町三成小学校に入学し、三成の石原《いしはら》に住む伯父の家から小学校に通い始めていた。小学一年生の秋頃だったと思う。

授業が終わって帰りの支度をしていると、私の側に担任の先生が来て「お母さんが、玄関のところで待っておられるから急いで行きなさい」と言った。私は「お母さんがどうして今、学校に来たんだろう」と驚いて急いで玄関の方に行き、上履きを下駄箱の中の靴と履き替えるのももどかしく玄関の外に出て見た。そこに母が立っていた。母はにっこりと笑って私を迎えた。「なして（どうして）来たかね？」「役場で保健婦の研修会があって来たよ。今昼休みで出てきたけど、昼からまた、行かにゃいけんわ」と話を交わしながら校門を出て、母は学校の前にある小さなお菓子屋さんに私を連れて入った。

「和美ちゃんの食べたいお菓子、なんがいいかね。何でも買って上げるけん見てみなさい」と母は言った。その店はいわゆる駄菓子屋さんで、今のように多くの種類のお菓子は置いてはない。チョコレートやケーキなどはもちろん置いてはなかったが、急に食べたいお菓子を選ぶとなると戸惑ってしまう。お母さんはすぐにまた役場に戻らなければならないのだと思うとゆっくり探してはおられない。私は店の入り口の方から陳列してあるお菓子をさっと見ながら奥の方に進んで行った。一番奥の隅のところに箱に入れて置いてあった長さ五、六センチほどの短い羊羹を見つけた私は、遠慮がちに「これ」と指差しながら母の方を見た。母は「それでいいかね」と言いながら羊羹を二つ箱から取り出して店の人に支払いに行った。店を出ると母は「食べなさい」と言って羊羹を一つ私の手に握らせもう一つを「ここに入れちょくけん後で食べなさい」と言ってランドセルのふたを開けて横の方に入れた。それからまた校門の方に向かって歩き、校庭に入った。石原の伯父の家から小学校に行く時は、校庭の横にある裏側の門の方から通っていたからだった。

母は、校庭に入って二、三歩一緒に歩いて立ち止まり、私を見て「じゃあ、帰りなさい」と言った。私はお母さんと、もっと一緒にいたかったが、黙ってうなずいて校庭の横の道の方に向かって歩き始めた。五、六歩ぐらい歩いて私は母の方を振り返った。その時母の目には涙が溢れていた。振り返った私に母は「行きなさい、行きなさい」と手の平を前に押し出すようにして帰るように促した。何度か振り返って母を見た時、色白の顔に目から溢れてこぼれ落ちそうになった涙が陽に映えてきらきらと輝いて見えた。「きれいなお母さんだな」と私はその時思ったのだった。目にいっぱい涙をため、じっと立って私を見送るその時の母の姿は、私の心に深く刻みこまれて忘れることはない。その時以来、母は私に会いに三成に来ることはなかった。その後母のことを思い出すと、中野の裏山の裾野に凛として気高く、ひっそりと咲いていたあの一輪の白百合の花のイメージと重なって私の脳裏に浮かんでくるのだった。

我が母の
清らなる目に　涙満つ
見送る姿　映えてうるわし

八十《やそ》歳の歳月過ぎて
母はなお乙女の如き清らなる心持て我が心明るく照らせり
ああ、我が母は野に咲く白百合の如き人なりとぞ思う

上記の歌は、私が韓国外国語大学日本語科で日本語教育に携わっている頃、学生の作った詩集に「母」と題して載せた歌である。私が小学校一年生の頃の母の思い出と平成九年（一九九七）当時、八十二歳の頃の母を見て歌ったものである。

私が小学校一年生の頃の母の思い出を外国語大学の担任のクラスの学生達に話した時、ある学生が「先生の話は、まるで物語を聞いているみたいですね」と言った。その時私も母の思い出を話しながら、母との別れの時の様子をまるで映画の一シーンを観ているような心地で話していたことに気が付いたのだった。

母は昭和二十六年（一九五一）十一月から仁多郡鳥上村《にたぐんとりかみむら》の診療所に勤め始めた。

ちなみに鳥上村は、仁多の町を流れる斐伊川《ひいかわ》の上流辺りにあるが、日本で最も古い史書と言われる『古事記』に記されている（現在の地名の漢字とは異なるが）「斐伊川の上流、鳥上にて須佐之男尊《すさのおのみこと》

が八岐大蛇《やまたのおろち》を退治した」と言う伝説のある場所でもある。

鳥上には父の妹の嫁ぎ先の叔母の家があった。その叔母も夫を戦争で失い、娘一人、息子二人で暮らしていた。母はその家の奥の一部屋を借り、兄二人を鳥上の小学校に通わせながら診療所に出勤する新しい生活を始めた。診療所で看護婦として働きながらお産の知らせがあれば、すぐにその家に駆けつけて助産婦としての勤めを果たした。その当時は一般家庭に電話は普及していなかったので、夜中でも明け方でもお産がある家の人が、鳥上の家を訪ねて来て母をその家まで連れて行ったという。

私が初めて母の住む鳥上の家に行ったのは、小学一年の学年が終了した春休みだった。

叔母が私をお客様のように、こたつのある居間の座布団の上に座らせ、母がこたつの台の上に御馳走を運んで来てもてなしてくれた。その時は、自分が急に偉くなったような気持ちになったことを覚えている。

鳥上の家の裏側の一番奥の六畳くらいの部屋で、母と兄二人は暮らしていた。佐草（母の実家。松江市佐草町にある）にいた頃と同じように畳一畳をはずした板の間に七輪を置いて食事の支度をする母の姿があった。

それから数日たった頃だったと思う。母が診療所の当直の日、私に来るようにと言って、診療所のある場所を教えてくれた。鳥上の診療所は叔母の家から一番近いバスの停留所、「山群橋《やまごおりばし》」から横田行きのバスで十五分位行った所にあった。「診療所前」の停留所で降りて田んぼの間の細い道を少し入った所だった。診療所に着くと、母より少し若い看護婦さんが私を迎えてくれた。母はその看護婦さんを「清水さん」と呼んでいた。その日の当直は母と清水さんの二人らしい。四畳半くらいの当直室のこたつに当たって待っていると母と清水さんが楽しそうに話しながら入って来た。夕ご飯は何を食べたかはよく覚えていないが、たぶんカレーライスだったような気がする。今、その時のことを思い起こしていたら、ほのかなカレーライスの匂いがして来たからである。

三人でこたつを囲み、和やかな雰囲気の中で母と共に楽しく過ごしたのは、私には初めてのことだったし、その時の楽しそうな母の姿を見たのも初めてのことだった。夕食後は、清水さんが私にトランプ遊びを教えてくれて三人でトランプをしたことを覚えている。その夜は満たされた気分でこたつに入ったまま先に眠ってしまった。

母は後に、鳥上での思い出を東京に帰って来た私に話したことがある。母は鳥上で働いていた頃が一番楽しかったという。「みんなに安部さん、安部さんとかわいがられ、親切にしてもらってありがたかったわ」と懐かしそうに話した。

ある夜、お産の知らせがあって行ったら逆子で足の方から出そうになっていた。早く頭を出さないと赤ちゃんの命が危ない。祈るような気持ちでお腹をおさえたりいろいろして、最後に頭が出てきた時は、赤ちゃんはぐったりしていて産声を上げなかったという。母はとっさに赤ちゃんの両足を片手でつかんで逆さにして背中をパンパンと叩いた。するとその瞬間に赤ちゃんが「おぎゃあー」と産声をあげたという。母はその赤ちゃんの百日のお祝いに招かれ、「この子の命の恩人」と言われて一番上座に座らせられ丁重なもてなしを受けたそうだ。

母が鳥上で働いていた頃の話をした時「仕事が楽しかった」という母の言葉を聞いて、私は心から本当に良かったと思い安堵したのだった。私が幼い頃見た母の姿の多くは、働く母の背中であり母の別れの涙であった。幼心にも「お母さん大変なんだな」と感じていたし、大人になってからも母に心配ばかりかけた私だったので喜ぶ母の姿が見たかった。「お母さんにも楽しい時やうれしい時があったんだ」と思い、ほっとした気持ちになったのである。

私が小学校四年生の時、三成の伯母が病気で亡くなり、伯父と私の二人になった。その後鳥上の従姉が時々手伝いに来ていた。私が中学一年生になった頃、母は鳥上での助産婦の仕事を辞め、三成の伯父の家に来ていたが、家にいることはあまりなくゆっくり話をしたこともなかった。その頃母は、三成町の民生委員をしていて毎日忙しいようだった。三成に来てからの母には、鳥上で働いていた頃のような生き生きとした姿は見られなかった。今、その頃のことを思うと、母はきっと鳥上での仕事を辞めたくはなかったと思う。周囲の事情で仕方なく仕事を辞め、以前より遠慮がちだった三成の伯父のもとで生活することは忍耐のいることだったろうと察することができる。

私が中学校を卒業する頃には、三成の家で母をあまり見かけなくなった。どこにいたか聞いたことはなかったが、夫婦共働きの親戚の家で子供の世話をしたり食事を作ったりしていたようである。三成の伯父から経済的な援助を受けることのできない母は、高校に進学した兄二人の学費などを作るために働かなければならなかった。私が、木次の川本の叔母の家から三刀屋高校に通っている頃は、母は川本医院の看護婦として働いていた。母は夜遅く、眠っている私の布団の横にそっと入ってきて寝ては、朝早く、私がまだ寝ているうちに、自宅のすぐ前にある医院の方に出て行っていた。その当時、川本医院には事務、看護婦さん達が四、五人くらいいて看護婦さん三人とお手伝いさんは泊まり込みで働いていた。毎日三食、家族を含めて約十人分の食事の支度をするのは大変なことだったが、叔母が一人のお手伝いさんと台所の仕事を任されていた。

医者の叔父は、休みの日や診察の合い間に自宅の方にやって来た時など、時々叔母に小言を言っていることがあったが、そこに母が居合わせた時はいつも叔母をかばっている姿を見た。

母は私が高校を卒業する頃まで川本医院で働いていたが、その後、知り合いからの依頼で松江の夫婦共働きの学校の教師の家で住み込みのお手伝いをしていた。日曜日のある日、母は「（働いている）家の先生夫婦が和美さんに会ってみたいそうだ」と言って私をその家に連れて行った。

その家は松江市内からバスで十分くらい行った静かな住宅地の二階建ての家だった。家に着くと先生夫婦は、私をまるで家族のように喜んで迎えてくれた。私を一階の居間のこたつにあたらせ、自分達を紹介した。ご主人は中学校の教頭先生で、奥さんは小学校の教師だった。小学校五年生の男の子と幼稚園に通う女の子の四人家族だった。幼稚園に通う女の子は母を「おばちゃん、おばちゃん」と慕っていた。奥さんは私に「私たちは、お母さんを家族の一員と思ってます。娘も幼稚園の遠足や運動会には、おばちゃんと一緒がいいと言ってますよ。お母さんに来てもらって本当に助かってます」とニコニコしながら話され、私もうれしくなった。

母の寝室は二階にある二部屋のうちの手前の部屋だった。六畳くらいの部屋だったが、あまり荷物がないので広々と感じられた。日曜日はお休みをもらっているらしく母は自由に過ごしているようだった。

母はいつでもどんな仕事でも真心込めて精一杯やるのでみんなに信頼され、好かれるのだと思った。

二人の兄は、東京の大学を卒業し東京で就職した。母は鳥取大学医学部に入学した私に、毎月不足なく送金をしてくれた。上の兄は結婚して夫婦共働きで学校の教師をしていた。母は孫娘が生まれると、その面倒を見るため東京に出て来ることになった。

三成の伯父は私が高校三年生の春に亡くなり、母は時々三成に帰って家を管理していたが、伯父の家は石原の本家の人が管理することになったので、母は完全に島根の地から離れ、東京に移り住むことになった。

上京後、母はしばらく孫娘の世話をして兄夫婦の家にいたが、二人目の娘が生まれると姉は仕事を辞め、子供の世話をするようになった。それで母は東京で仕事を探し、あそか病院に助産看護婦として就職したのだった。

後に、母は就職する時のことを、私に話してくれたことがある。新聞の求人欄で仕事を探した。病院で働きたかったが、長い間看護婦の仕事をしていないし、田舎者の自分には無理だと思っていた。だからたまたま新聞にあそか病院の清掃員の求人が載っていたので、病院で働けるならそれでもいいと思い、応募したという。

面接の日、履歴書を提出すると担当の人が、母の「資格・免許」の欄を見て、「安部さんは、なんて謙遜な人でしょう！看護婦、助産婦、保健婦という三つの資格を持ちながら清掃員の応募をなさるとは。ちょうど今、産院のほうで助産看護婦さんが必要だから、そちらで働いてもらいましょう」ということになったそうだ。昭和四十三年（一九六八）四月、母五十三歳の時であった。

（註）二〇〇一年の法改正で「保健婦助産婦看護婦法」から「保健師助産師看護師法」に名称が変更されたことにより二〇〇二年に男女とも「保健師、助産師、看護師」に統一されるようになった。

韓国への留学

私は三成の伯父が、戦時中に住んでいた韓国という国に深い関心を持っていたが、大学に入学して以来、医療奉仕を目的として韓国に留学したいと考えるようになった。私が日本で大学を卒業し、医者になることに希望と期待をもって仕送りを続けている母の気持ちを思いやることもせず、私は韓国への留学を決意したのだった。私が韓国へ留学すると言った時、母は驚き戸惑い、私の将来のことを心配したが、私の意思が固いことを知り、認めざるを得なかった。また、私のことをよく理解している医師や医学部の先輩や友人が、母が安心できるようによく話してくれたので、留学する時は母も納得し安心して快く送ってくれたのだった。そして今までと同じように学費の仕送りを続けてくれたのだった。

韓国のソウル市西大門区にある延世大学医学部に留学した私は、厳しい現実に直面して初めて、理想ばかりを追い求めて来た自分の無力さを痛いほど思い知らされた。講義は韓国語だが、教科書はみな英語の原書であった。一週間の講義の後、次の一週間は実習があり、その後は試験という繰り返しの毎日であった。韓国語もまだ十分ではない私には授業について行くのは至難の業であった。しかしいったん決意して韓国に来たからには、たとえ医者になれなくても何か私にできることがあると信じていたので、断念して帰国しようと思ったことはなかった。

私が入学した時、延世大学医学部の学生は教養課程二年を終えて本科一年に入った医学生が百名、その中で女子学生は十人いた。女子学生は韓国語の分からない私にいつも親切に接してくれたが、韓国語もよく分からず、その親切にすぐ答えられない自分がもどかしかった。本科一年に入学して二週間が経った頃だったと思う。延世大学のすぐ前にある家で下宿をしている私を訪ねて、本科一年の女子学生二人が来た。クリスチャンで二人仲良しの金さんと全さんだった。全さんは、韓国語と英語を交えてゆっくりと私に話しかけてきた。

「これから試験のある時は、私の家に来て一緒に勉強しましょう。私のお父さんが日本語が話せるので喜びますよ」と優しく親しげに話してくれた。その優しさに胸がじーんと熱くなった私だった。その後、試験のある時は時々全さんの家で、一緒に勉強したが、韓国語が解らなくては試験に合格点が取れるはずもなかった。

勉強に疲れた時、私はよく車の行き交うにぎやかなソウルの街を歩き回った。韓国語もよく解らず、先の見えない暗闇を歩いているような憂鬱な気持ちで街を歩いていたある日、前方から近づいて来る大型バスの前側の行き先を示す表示板に「韓國外國語大學校」と漢字で書かれた文字が、ぼんやりと前を見ていた私の目に飛び込んできた。その頃（一九七〇年代初期）は、大学の出席簿も名前は漢字だったし、街の看板も漢字で書かれたものをよく見かけたので漢字自体は珍しくはなかったが、白地に黒く書いた「韓國外國語大學校」という文字が明るく浮き上がって見えた。見ようと

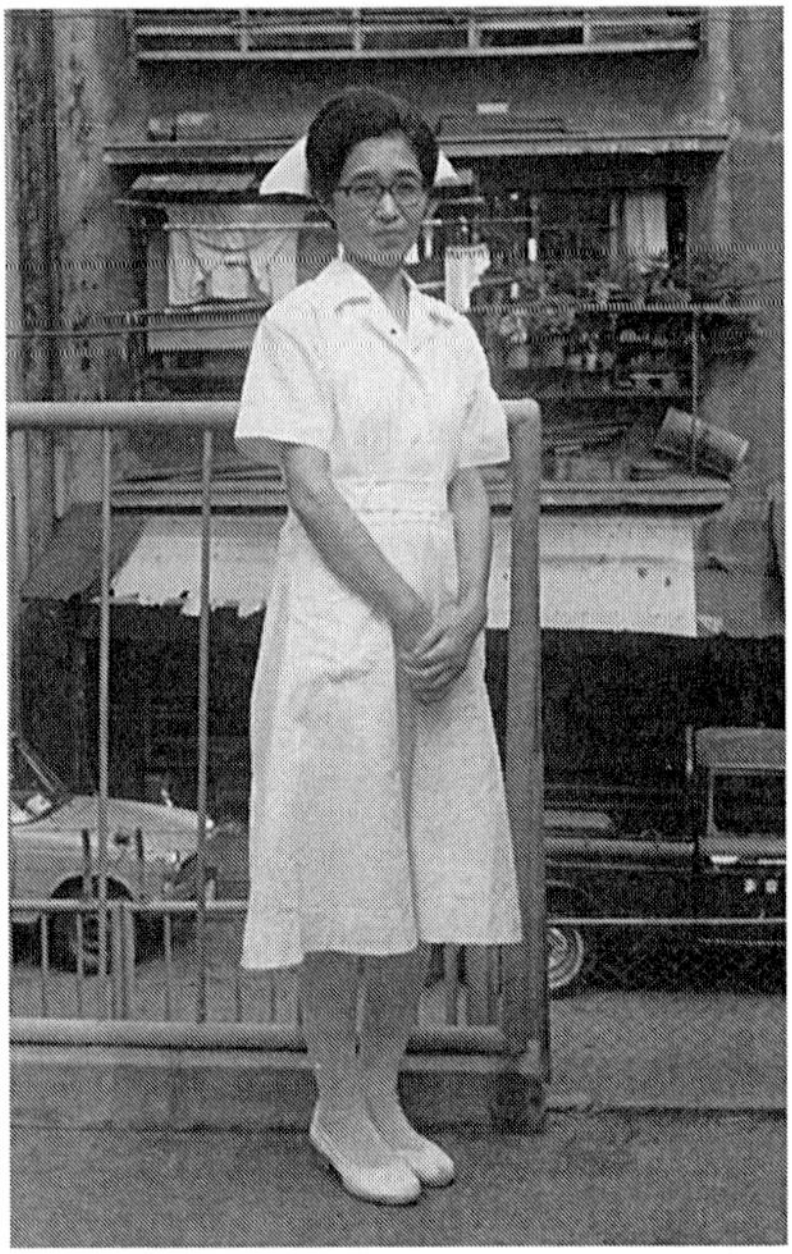
あそか病院に勤めていた頃の母

もしていないのに、どうしてこんなにはっきりと見えたのだろうとその瞬間不思議に思ったが、その時は医者になることしか考えていなかった私には関係のないことと思い、その後すぐ忘れてしまった。その黒い文字で書かれた表示板の場所が、後に韓国で私に与えられた職場となることなど夢にも考えないことであった。

母からの手紙

私は韓国に留学して以来、母が心配しないようにできるだけひと月に一回は手紙を書くようにしていた。元気で頑張っている様子などを伝え、苦しいことや辛いことはあまり書かなかった。母も必ず返事をくれたが、いつも健康を気遣う言葉が記されていた。何度も下宿を変わり、度々住所が変わったので、母からの手紙が届かなかったり、失くしてしまったものもあるが、たいてい届いた手紙は読んだ後、箱に入れてしまっておくことが多かった。そして引っ越しの度にその手紙の入った箱も一緒に引っ越したのだった。

私が帰国する時に韓国から持ち帰った荷物は、すぐ必要な衣類以外は母が亡くなるまで取り出してみたことはなかったが、職場を退職後、荷物の整理をした時、箱に入った母の手紙を見つけた。懐かしさと切なさの入り混じった思いで一通一通読んでみた。母の手紙は昭和五十年（一九七五）十二月二日付けのものから平成四年（一九九二）八月四日付のものまで全部で百三十一通もあった。それらの手紙を読むとその当時の母や私の生活の様子を知ることができる。平成四年（一九九二）八月以降は、私が帰国するまで月に二、三回、私の方から母に国際電話をするようになったので母の手紙はない。

韓国に留学して以来三、四年の間、私が安定した職に就くまで母に心配のかけ通しだったので、留学して初め頃に来た母の手紙は読み返すのが辛く胸が痛かった。

私が日本まで持ち帰った母の手紙で一番古い日付の昭和五十年（一九七五）十二月二日付けの手紙を受け取った頃は、延世大学医学部三年生で試験に追われ、必死で勉強している時であった。母、五十九歳の時の手紙には次のように記されている。

月日の経つのは早いものもう師走の声をきくようになりましたね。年を取ると尚更早く感じられますわ。日本は今公労協のストで大変です。もう一週間目です。困ったことですわ。

和美ちゃん、耐え久しく御無沙汰致してすみませんでした。元氣で一生懸命勉強していることと 安心して忙しさにまぎれつい失礼しました。生まれつき筆不精者、年取ると字を書くことも億劫になりつい延び延びになりました。昨晩（十二月一日）十一時頃帰宅しましたらなつかしい和美の便り拝見しました。

元氣で頑張っている様ですけど体を大切に限度を考えて勉強して下さいよ。私のために、難しい勉強を無理にして体をこわしてしまっても何にもなりませんよ。

私は毎日和美の事を忘れたことはありません。もう後三年、もう後二年と指折り考えて希望を頂いて毎日を楽しく過ごして居ります。

一月二十日までの試験が終われば又一度帰って来られますか？試験の結果は如何あろうとも和美のがんばりやで努力家には母としても頭の下る思いです。和美ちゃん、今度の試験に最大の努力をして、それで駄目ならもう仕方ありません。まあ、一生懸命頑張って見て下さいね。（中略）

近い中にお金十萬円送ります。局より。忙しいからもうお便りは要りません。

私も変わった事が無ければ出しませんから。お互いに元氣でがんばりましょうね。

人参茶とか栄養になるものを買って食べて下さいね。お金を送るのは私の楽しみですのに…
もし帰る時は第一人参茶を願います。（今はありません）第二たらこ第三キムチ　他の土産は要りません。
十二月　二日　PM3：00　PM4：00より出勤します。
なつかしき　和美ちゃんへ

母は私の健康を気遣いながらも、私に期待と希望を託して元気に働いている様子を知ることができる。
昭和五十二年（一九七七）二月二十五日付けの手紙には、母が私に会いに韓国に行くために飛行機の切符を予約した時のことが記されている。当時、母六十一歳であった。

東京は今日（二十五日）晴れた良いお天氣です。C14度位　今日は五時から勤務ですので交通公社へ切符の予約を問合わせましたら三月十二日羽田発九時五分韓国（金浦）着十一時二十五分（十六日）952便午後一時発で午後二時五分羽田着だそうです。やっと切符を買ふことが出来ました。これから二回池袋の交通公社へ写真等持って行かなければなりません。十二日十一時二十五分に着いても色々と検査等あって、遅いでしょうから、学校が終わってから来て下さい。私は何時までも和美の来るまでは待って居りますから、勉強は怠らないで下さいよ。

（中略）

まあ三月十二日には韓国へやっとの思いで行けます。ではお逢いする日を楽しみに。

和美ちゃんへ　　　　胸へ安部とネームを入れて行くがよいでしょうか？

そうして母は、私が苦闘の末やっと医学部四年生に進級した年の昭和五十二年（一九七七）三月十二日に私に会いにソウルにやって来た。ちょうど大学の前期の授業が始まった頃だった。その日は土曜日で授業は午前中で終わったが、空港まで行って母を出迎える時間には間に合わなかったので、その時、韓国に留学中で母もよく知っている私の友人に母の出迎えを頼んでおいた。

待ち合わせた医科大学の玄関に、友人に連れられて母がやって来た。母は私を見ながらうれしそうに生き生きとした表情で近づいてきた。私も母に会えてうれしかったが、これから先まだまだ厳しい道が続くことを思うと、自信を失いつつあった私だったので、母の笑顔がまぶしく感じられたのだった。授業を受ける教室や、大講堂などを案内した後、外に出た。

友人がキャンパスと校門の前で二人の写真を撮ってくれた。その夜は私の借りている一部屋のアパートで母と共に過ごした。あくる日の日曜日は、母と二人でお世話になっている方々のお宅を訪ねて挨拶したり、ソウル市内を歩いて観たりして終わったが、母は私に会えたことがうれしいらしくいつも楽しそうだった。次の日から母が帰国する三月十六日まで、私は授業があって母と共に過ごせないので、母のソウル観光など全てをまた友人に託した。

母は、夜、私のアパートに帰って来て、その日行って来たところなど話してくれた。「今日な、ソウルの街を歩いていたらな、後ろ姿が和美にそっくりな人が歩いていて、もう少しで声をかけるとこだったわ」とうきうきした声で話した母のことが、今も深く記憶に残っている。

延世大学校医科大学正門前で母（右）と筆者

母の四泊五日の旅で、私とまる一日を一緒に過ごせたのは、たった一日しかなかったが、母はソウルに来て、私に会ったことで満足して東京に帰って行ったのだった。

その後も私は医学の勉強に精一杯努

力を続けたが、体調を崩して進級できず、体力と能力の限界を感じて医者への道を断念せざるをえなかった。

医療福祉の分野で仕事をしたかった私は、その後韓国で理学療法士の国家試験を受け資格を取得した。医療福祉施設で仕事をしたかったが、外国人の採用は難しいとのことだった。ちょうどその頃私は、日本人の知り合いの方から紹介してもらったある社会福祉施設の職業訓練院に就職が決まり、働きながら日本人の私にできる仕事を模索した。

私が医者になることを期待していた母は、心中失望も大きかったことであろうが、私には愚痴一つ言わず、何よりも私の健康を気遣ってくれていた。

昭和五十六年（一九八二）一月七日付けの母の手紙には「私の幸せは三人の子供が元気で幸せに暮らしてくれればそれで満足です。（中略）そちらで自分の一生の仕事をして成功してくれれば私も満足です。それから私は何にもいりません。只お金があれば貯金をしておきなさい。老後のために。私はもう死ぬまでお金はあります。心配しないで下さいね」と記され最後に、

柔にして剛（表面はやさしく心は強く持つこと。）

この教訓を忘れずに。

明日あると思ふ心の徒桜《あだざくら》

夜半に嵐の吹かぬものかわ
　この古歌を忘れずに　　一月七日　　P・M　四・三〇

和美様

とやっと独り立ちした私への教訓が記されている。そして私は今、この手紙を書き写しながらはっと気が付いたのだが、手紙文の最後に書く私の名前が「和美ちゃん」から「和美様」に変わったことである。一九八一年一月七日以降に来た母の手紙は皆、和美様となっていることがわかった。それは親の傘下を離れ一人の社会人となった娘に心のけじめとして示した母の深い愛情の表現だったのだと今思うのである。ずいぶん長い間母に心配と苦労をかけたものだと思い返す時、私の至らなさに心が痛んで止まない。

その年の四月、私は駐韓日本大使館併設ソウル日本人学校の養護教諭として採用されることになった。韓国に留学して韓国語を勉強している頃、日本から来た私達留学生は「日本人留学生の会」を作り、日本大使館の一室を借りて定期的に集会を開いていた。ある時、日本人学校担当の参事官が入って来て「皆さんの中で、教師の資格を持っている方はいませんか」と聞かれたことがあった。私は日本の中学校英語教員の資格を持っていたので、思わず手を挙げてしまった。そのことがきっかけとなって、何度か代用教員としてソウル日本人学校に行ったことがあった。今度は、医学の知識もあり、韓国語もできるということで常勤の採用だった。私の願いは韓国の社会で働くことだったので、私の生涯の仕事とは思わなかったが、今の自分に与えられた仕事と信じて働いた。日本人学校に就職してから母のもとに帰ることが多くなり、母と共に過ごす機会が増えたことが何よりありがたいことだった。

母はまだあそか病院で働いていたので、夜勤で夜もいない日もあり、一日ゆっくりできるのは、休暇の日ぐらいしかなかったが、母の側にいるだけでほっとした気分になれた。母も私が帰ったことがうれしかったらしく、台所で食事の支度をしながらよく歌を口ずさんだり鼻歌を歌ったりしていた。その歌は時に軍歌だったり、子守唄だったり「宵待草」や「真白き富士の嶺」「カチューシャの唄」などで私の知っている歌が多かった。

母は、うれしいことがあると自然に鼻歌が出るらしく「きのう病院で、みんなに『何かうれしいことがありますか。安部さんはうれしいことがあると鼻歌を歌うからすぐわかる』と言われたわ」と言っていた。母が休暇の日に初めて浅草の浅草寺や泉岳寺の四十七士の墓地に連れて行ってくれた時のことが楽しい思い出として懐かしく思い出される。

母は昭和五十八年（一九八三）三月三十一日、あそか病院を退職した。母が六十七歳の時であった。昭和五十八年四月十日付けの手紙にはその時のことが記されている。

和美さん、随分長い間失礼しましたね。三月三日に出したお便り三月八日夕受取りました。

私も三月三十一日付けで退職いたしました。十五年が夢の間に過ぎ去りました。その間何の大過もなく、そして元気で終えさせていただきました事、神佛の加護と心から感謝いたしております。（中略）退職後九日も過ぎましたけど、色々と手続きやら、外の仕事がありまして忙しいです。今日は日本は、都知事、区長等の選挙です。これを書いたら行こうと思って居ります。それから十五年の病院勤務生活を無事に終えたので、その報告に墓参りをしようと考えています。

（中略）

夏休み帰れたら人参茶を持って（沢山）帰って来てください。

では御大事に。体に注意して。

四月十日　　十時

和美様へ

母があそか病院を退職したのは六十七歳の時であった。今思うと、母は夜勤や当直や当直明けの仕事もある看護師の仕事を十分こなし、よくこの年まで元気で働いたものだと思う。母の手紙にあったように「神仏の加護のお蔭」と私も思う。

私は、母が退職した年、一九八三年の九月に教育大学院に入学した。今後韓国で私にできる仕事は大学で日本語を教えることだと考えたが、大学で教えるためには最低修士課程を卒業していなければならなかった。私は昼間はソウル日本人学校で働きながら、夜間の大学院に通った。幸い教師の資格のある者には授業料減免があり、成績優秀者には奨学金の制度もあって、ほとんど学費を使わずに勉強することができた。

母は、仕事を辞めて生活のリズムが変わったことからしばらくは体調の不良を訴えていたが、だんだん回復してきたようだった。子供の頃から百人一首が大好きだった母は、和歌の勉強を始めた。昭和五十九年（一九八四）二月二十七日付けの手紙には、「百人一首の会」に入会して「今の私にはこの勉強に行くのが何よりの楽しみです」と記されていたが、その「百人一首の会」も十月には「人数が出来なくて中止になり」「時々デパートに行って見るのと、大宮の泉さんに逢うのが唯一の楽しみ」になったと十月五日付けの便りに書かれている。母には女学校時代の友達が横浜と埼玉県の大宮にいた。大宮の友達とはよく気が合うようで二人でよく行き来していたようだ。また時々一人でデパートに行って、自分のものは何も買わなくても私に似合いそうな服があると買っておいて休みに私が帰った時に着せてみるのが母の楽しみでもあった。母の衣服は地味な色で数も多くはなかったが、私とは違ってとてもお洒落だった。時々私と一緒に外出する時、母は着て出ようとする服を、鏡の前で胸に押し当てて「これ（この服）とこれとどっちを着たらいいかね」とよく私に問いかけた。「どっちもいいよ」とあまり関心を示さない私に母は「お前は洒落っ気が全然ない」と不満だった。

母は、金色の厚い和紙の表紙に金色の紐で綴じた毛筆の「小倉百人一首」の本を宝物のように大切にしていた。百人一首の会に通っていた頃入手したものであろう。それを本棚から取り出して私に見せ「この本はいいよ。私大好きだわ」と言って胸に抱いた。普段は本棚にしまっておいて寂しい時、それを取り出して開いてみては楽しかった昔のことを懐かしみ一人慰んでいたのだろうと思うと今また母がいとおしく思われてくるのである。

百人一首の話になると、いつも母は目を輝かせて歌を詠じ、その意味を私に説明した。母は子供の頃、お正月に「小倉百人一首歌かるた競技」に興じて夜を明かしたほどなので歌は百首とも全部覚えていた。私は高校時代に古文の時間に習った和歌をわずか七、八首しか覚えていないのに母の記憶力には感心した。試しに私が覚えている歌、例えば柿本人麻呂の歌「あしびきのー」と詠み始めると母はすぐに「やまどりのを　しだりをの　ながながしよを　ひとりかもねむ」と先に詠ってしまうのだった。

休暇が終わりに近づきソウルに戻る二、三日前頃になると、旅行ケースの中に持って行く物をまとめて入れ始める。そんなある日、母は卒業証書などを入れておく細長く丸い紙筒から丸くくるまった卒業証書大の紙を取り出し「これを持って行って机の前にでも貼っておくといいよ」と言って私に手渡した。広げて見るとそれは、きれいな楷書体で書かれた「福澤諭吉訓」であった。それは母が女学校時代から大切にしていたもののようだった。

福澤諭吉訓

一　世の中で一番楽しく立派な事は一生を貫く仕事を持つことである
一　世の中で一番みじめな事は教養のないことである
一　世の中で一番淋しい事は仕事のないことである
一　世の中で一番みにくい事は他人の生活をうらやむ事である
一　世の中で一番尊い事は人のために奉仕して決して恩に着せないことである
一　世の中で一番美しい事はすべてのものに愛情を持つことである
一　世の中で一番悲しい事はうそをつくことである

この世を生きていく私達にとって大切な心構えが易しい言葉で分かりやすく七つの項目にまとめられていて、真に生きた教訓だと感じた。これを私の卒業証書の入った紙筒に一緒に入れてソウルに持ち帰り、それをコピーした。そして机の前の壁に貼ってある聖書のマタイ伝六章三三節「まず神の国と神の義とを求めよ」の聖句のすぐ横に貼って座右の銘とした。

私が教育大学院に通って二年目の昭和六十年（一九八五）四月に修士論文を書く資格を得るための総合試験があり、無事合格した。その年の四月十七日は母の満七十歳、古稀の誕生日だった。私の合格の知らせが母の誕生日のプレゼントになった。母の五月一日付けの手紙には次のように記されている。

お便り四月十七日受取りました。丁度私の誕生日に嬉しい合格の知らせ本当に嬉しうございました。四月十五日には愈（まさる）一家が銀座の有名なホテルにて私の誕生日を祝ってくれました。

十七日は顕穂が祝ってくれました。ありがたいことです。

今日はもう五月一日、この三、四日大変よいお天気続きです。昨日顕穂休暇だったので清澄庭園まで徒歩で行きました。すばらしい庭園でしたわ。

（以下略）

その後私は、夜寝る間も惜しんで卒業論文を書き、昭和六十一年（一九八六）二月、大学院を無事卒業した。三月より韓国外国語大学日本語科の非常勤講師として夜間部の学生を担当することになり、昼間は日本人学校に勤め、夜は大学で日本語を教えた。翌年三月、韓国外国語大学の専任講師として採用が決まり、二月にソウル日本人学校を退職した。韓国で私のできる仕事をやっと与えられた私は、それから日本に永久帰国するまで十五年間、韓国外国語大学で日本語教育に携わることとなったのである。その時に至ってはっと思い出したのは、延世大学医学部にいた時、ソウルの街を走る大型バスの行き先表示板の漢字の文字「韓國外國語大學校」がぼんやりと歩いていた私の眼の中にまばゆい光となって飛び込んできたことであった。その時、天はすでに、私が行くべき道をお示し下さっていたのだと気付き、感謝の思いでいっぱいになった。

韓国外国語大学校

韓国では総合大学を大学校といい、大学は日本の学部にあたる。韓国外国語大学校は、ソウル特別市東大門区里門洞に本部を置く私立大学で、四十五の言語について外国語学科が置かれている。一九五四年四月に外国語大学が開校。一九六一年四月一日に日本語学科が開設され、一九八〇年十月二日、韓国外国語大学校が発足し総合大学への昇格となった。一九八一年八月二十五日には、京畿道の龍仁キャンパスにて講義が開始された。二〇〇四年二月二十八日、サイバー外国語大学校（インターネット教育システム）が開校した。

大学は二期制で夏季、冬季の休暇が長い。一年に二度も帰国して母と過ごす機会が増えたのは幸いであった。母の思い出話を聞いたのもほとんどこの期間だった。

外国語大学（外大）に勤めて三年くらい経ち、夏休みに帰国した時のことだったと思う。ある日、母と一緒に買い物に出かけて帰る途中、飯田橋の駅で私の教えている外大の一年のクラスの男子学生三人とばったり出会った。夏休みの間、日本語の勉強のために飯田橋にある日本語学校に通っているという。その中の学生の一人が、私の後ろに立っている母をみて韓国語で「先生のお姉さんですか？」と私にたずねた。内心驚いたが静かに私も韓国語で「私の母ですよ」と答えると「えぇー、本当ですか？おかあさんですか！」ととても驚いた様子だった。三人の学生とは後日また会う約束をし、その後すぐ別れた。その時母はもう七十五歳を何か月か過ぎていたのに、私の姉と思えるほど若く見られたのだと思うと何だかうれしくなった。学生とは韓国語で話していたので、母には何を話していたかは分かっていない。母と並んで歩きながら、「お母さんのこと、私の姉さんかって聞いてたよ」と母に言うと「ふうん」とだけ答えたが、母もきっと内心は嬉しかっただろうと思う。

平成三年（一九九一）四月十七日、母は喜寿の誕生日を迎えた。五月七日付けの母の手紙には、

（前文略）私もあちこち故障はあるけど、まあまあ元気で消光しています。（中略）荒川さんは足の膝裏が痛んで歩けないそうです。四月二十五日には泉さん宅へ行き一泊して帰りました。（泉さんの旦那さま三月二十九日死去）以前知らせましたかね？愈に喜寿の祝に商品券をいただきました。何かおいしいものでも買って食べなさいと、連休は混むから他日奥多摩の方へでも連れて行くと申していました。あきおと公園歩きをしましたら、つつじや、ぶし、ぼたん等々美しく、きれいでした。花の盛りはよいですけど、やがては散って行くでしょう。私ももう後何年生きられるやら？残り少ない人生が惜しくてなりません。（以下略）

母の手紙はいつも生活の様子が詳しく書かれていて、母の周囲の人のことなどもよく知ることができた。荒川さんは、横浜に住む女学校時代の友人、泉さんは、埼玉県の大宮に住む友人である。母は荒川さんと近くを旅したり、泉さん宅でおしゃべりするのが楽しみとなっていた。

私がソウルから持ち帰った百三十一通の母の手紙の最後の一通は、平成四年（一九九二）八月四日付けのものである。満七十八歳の母は夏の厳しい暑さですっかり弱り果ててしまったようで「苦しくて便りなんか書けませんでした」「七月中頃より少し食事が食べられるようになった」など体調の不良を訴える文面であった。母が私の手紙の返事を書くこと自体、大変な負担になっていることに気付き、その後は一か月に二、三回くらい直通の国際電話で母と話すようになった。大学に勤めるようになってから長期休暇で母と過ごす時間も増え、私にとって一番楽しい時であった。十二月に入り、ソウルの街にクリスマスキャロルの音楽が流れる頃になると私はまるで子供のようにうれしさで心が弾んだ。「もうすぐ日本の母のもとに帰れる。年末におせち料理を作る母のお手伝いをして、お正月には母と一緒に初詣に行って、……」そんなことを考えるとうれしくてたまらなかった。

帰国の途に就き、飛行機が成田空港に着陸すると、いつも「ああ、日本に帰って来たー」と母のふところに抱かれているような何か温もりのあるほっとした気分になった。その時私は「母国」という言葉を実感したのだった。韓国に留学して十年以上が経ち、韓国の生活にも慣れ、大学の授業も学生達と楽しい時間を過ごす中で、私は日本人であることに誇りを持った。いつも心の中で「私の母国は日本であり、私のふるさとは母の居るところだ」と思っていた。

秋になり、松茸が出回る頃になると私は、韓国の現地直送の松茸を母と兄のもとに送った。「松茸ご飯を炊いたり、吸い物にしたり焼いたりしていっぱい食べたわ」と嬉しそうに電話で話す母の声を聞いて私は満足だった。

母は平成六年（一九九四）四月十七日に迎えた傘寿のお祝いも元気で兄達に祝ってもらったよう

だったが、八十歳を過ぎると、私が休暇で帰国する度ごとに母の体力の衰えが目に見えて分かるようになった。その頃から買い物や食事の準備などの家事は私に任せることが多くなったが、感心なことに家計簿を毎日付けることだけは怠らなかった。八十六歳の頃まで家計簿を付けていた母だったが、だんだんその日のうちに記入できなくなりレシート用紙がたまってくるようになった。私が「大変だけん（大変だから）家計簿なんかもうつけんでもいいでしょう」と母に言うと「そげだな。もうやめえわ」ということになった。

母が八十三歳の頃だったと思う。休暇で帰国している私に「帰って来てくれんかねえ。お前が側にいてくれたら百歳まででも生きられるような気がするわ」と懇願するかのように言った。

気丈だった母が年を重ね体力の衰えとともに今まで耐えて来た寂しさや不安そして遠く外国の地で暮らす娘への心配など様々な思いに耐え切れず娘の帰国を願ったのだと思う。その頃私はちょうど大学院の博士学位取得のための論文の作成中であり、私の生涯の仕事として六十五歳の定年まで働くつもりでいたので、すぐに母の願いに答えることができなかった。しかし何度か「帰ってきて欲しい」と願う母の声を聞き、衰え行く母の姿を見て私の心は揺らいでいた。

母が側にいて欲しいと願ううちに帰らなかったら、私はこれから後ずっと親不幸な娘として後悔するだろうし、日本に帰りたくても帰る所もなくなると思った。そしてついに帰国を決意したのは母が八十五歳になった年だった。

いっぱいのかけそば

今は懐かしい思い出となった、韓国ソウル在留中の日常生活の中で、特に印象に残ったある日の出来事を随筆風に書き残して置きたい。

一九九九年の秋も、もう暮れようとしている。落ち葉を踏んで歩道を歩くこの頃である。今年は、美しく色づいた山の紅葉を十分鑑賞する暇はなかったが、今年の旺山《ワンサン》キャンパスの紅葉はとりわけ美しく感じられた。真っ赤に色づいたかえでの葉、真っ黄色の銀杏の葉のあざやかさは、私に自然の神秘さえ感じさせた。その真っ黄色の銀杏の落ち葉を一片カバンに忍ばせて帰った。

里門キャンパスの銀杏の葉も色づいたが、車の排気ガスのせいなのか黄色くよどんであまり美しいとは言えない。そう思いながら、里門キャンパスの歩道を通り研究室に入った。

本を取り出そうとしてカバンを見ると､本の上に小さい銀杏の葉がひとひら、ひっそり載っている。里門キャンパスの並木道の銀杏の葉っぱが、私のカバンに散ってきたらしい。濁ったような黄色の葉っぱは決して綺麗とは言えない。私はその葉っぱをつまんでごみ箱に捨てようとして、ふとその手を止めた。「捨てないで、私の黄色も見てちょうだい！」とその葉が私に哀願しているように感じたからである。その葉が何だか不憫に思え、捨てないで机の上のカレンダーのとじ目の金具の間に差し込んだ。今は、もう葉っぱが乾燥してカラカラになりかけているが、まだ私の机の上でみじめな姿をさらしている。

晩秋の
机の上のカレンダー
銀杏ひとひら
行く年惜しむ

龍仁《ヨンイン》の旺山キャンパスの授業に行く日は、地下鉄で蚕室《チャムシル》まで行き、そこからスクールバスに乗る。午後の授業のある日は、ちょうどお昼の時間に蚕室を通るバスに乗るので十一時半頃、蚕室で簡単にお昼を済ませる。はじめ頃は、ロッテワールドの地下にあるスナック食堂で食べたが、人が多く、うるさくて嫌なのでデパートの入り口の近くにあるそば屋に入ってみた。そこは、まだ昼前なのでそうなのか、客は誰もいなくて静かだった。かけそばを注文して食べたが、薄味のかけつゆが口に合っておいしかったので、それからは旺山キャンパスの授業に行く日はいつもその店に食べに行くようになった。週に一度ではあるが、その日の一番客としていつも決まった時間に来て、いつもかけそばを注文するので、その店の主人夫婦と顔見知りになった。私が店に入って行くと「かけそばね？」と先にメニューを確かめられる。

私がかけそばをすすっている頃になると、客が一人、二人と入ってくるようになる。時には、三、四人連れで入って来ることもある。

ある日、その店に入り、いつものように注文したかけそばを待っている時、お茶を運んできたおかみさんが、満面微笑で私に話しかけて来た。早口で、なまりがあるので十分聞き取れなかったが、私に言いたかったことは「あなたが来ると、その後は、お客さんが次々と入って来るので、あなたはありがたいお客さんですよ」という話のようだ。その日、運ばれて来たかけそばは、大盛りいっぱいであった。感謝の気持ちをかけそばの〝大盛り〟で表わしてくれたようである。店の主人に喜んでもらえた事は、内心嬉しかったが、大盛りのかけそばには閉口した。いつも出される普通の量でも私にはちょっと多過ぎると思っていたのに、これではとうてい食べ切れるはずがない。お昼前なので、お腹もまだあまり空いていない。大盛りのかけそばを見ているだけで、もうお腹がいっぱいになりそうである。食べているうちにそばが伸びてきて、食べても食べても量が減らないのである。結局、半分も減らないうちに箸を置いてしまった。

店の主人のその日のサービスは、注文した一杯のかけそばを母子三人でおいしく食べたという栗良平の「一杯のかけそば」ならぬ、大盛りいっぱいのかけそばを一人で無理やり食べた「大盛りいっぱいのかけそば」であった。その次からは、かけそばを注文した後、「量を少なめにお願いします」

と付け加えることにした。
店の主人のその日のサービスで、かけそばの量の多さに閉口してしまった私だっだが、同時に韓国の人達の人情味豊かな一面を知り心温まる体験をしたのだった。

（註）栗良平の『一杯のかけそば』は、一九八八年に発表された実話を元にした童話。一九九二年二月に日本映画として公開された。交通事故で父親を失った母子三人が、閉店まぎわの大晦日に一杯のかけそばを注文し母子三人で分け合って食べたという。一九七二年の大晦日、北海道札幌にあるそば屋「北海亭」を舞台にそば屋と母子三人の交流を描いた映画である。

長い夏休みが終わり、二学期が始まった。久しぶりに蚕室にある、そのそば屋に入ろうとして入り口を見て驚いた。そこには、もうそば屋の店は跡形もなく、コンピューターの店に変わってしまっていた。その店は、一週間に一度訪れる「福の神」がいなくなって、つぶれてしまったのだろうか。それともどこか他の場所に移ったのだろうか。などと思ってみたり…。仕方なくデパートの地下にあるスナック食堂に行こうとしたが、そこもまた新装開店の工事のため、なくなってしまっていた。そこで、地下の食堂街を歩き「うどん・そば」のメニューのある店を探し、「営業中」と書いた立札の立ててある一軒の店に入った。客は誰もいない。女将さん（アジュモニ）は誰かと電話で話し中である。親しげな話しぶりから電話の相手は、どうやら友達のようである。調理用の白い上着を着た青年が、隅のテーブルに座り、新聞を両手で大きく開いて読んでいる。

その青年は、私が店に入った時、チラッと私を見ただけで何も言わず、そのまま新聞を読み続けている。店員の女の子がペットボトルに入った水とコップを持って来たので、きつねうどんを注文した。だが、そのうどんを作るべきおかみさんは電話の最中である。なかなか終わりそうにもない。私はちょっといらいらしたが、電話の終わるのを待った。ところが、しばらく経って、おかみさんが受話器を持ったまま、話し続けながら私の方をちらっと見て、電話の向こうの相手にこう言った。「いや、大丈夫。暇よ」電話の相手は、今ちょうどお昼時なので、「忙しくないのか」と心配して聞いたのかもしれない。私は、その言葉を聞いてムカッとしたが、しばらくじっと我慢して腕時計をちらちらと見た。これ以上遅くなると スクールバスの来る時間に間に合わなくなるかもしれない。私はとうとう我慢しきれなくなり、電話で話しているおかみさんの方を見ながら、むかつく感情を抑えて言った。「すみませんけど、私は急いでるんです。バスの時間があるんで…」その言葉を聞いておかみさんは、すぐ電話を切った。青年は、読んでいた新聞をパタンと閉じた。私が、急いでいると言ったせいかきつねうどんは、五分も経たないうちに運ばれて来た。そんなに早くできるのをみると、ゆでてあったインスタントのうどんのようだ。早く食べようと気が急くのだが、うどんは熱い。猫舌の私には、舌が焼けそうでなかなか食べられない。それにうどんの汁が少し塩辛い。私は、コップに入れた水を半分くらいうどんの上にバサッとかけ、箸でかき混ぜた。それから大急ぎでうどんを食べ終え、調理場で、ねぎの皮をむいていたおかみさんにきつねうどん代を支払ってその店を出た。この次からは、どこの食堂に入ろうかと考えながら、急いでバス停に向かった。

大盛りのかけそばを私にサービスしてくれたお蕎麦屋さんのことを懐かしく思いながら、私を温かく迎えてくれるそば屋を探して蚕室の地下食堂街をさまよった頃のことを思い出すと何かほほえましい心地になるのである。

懐かしき友との再会

先に、「韓国への留学」の項で記したが、私は延世大学医学部に入学して、大学のすぐ前にある家に下宿していた。大学に入学して二週間ぐらい経った頃のある日、二人のクラスメート、金さんと全さんが私の下宿を訪ねて来た。私が外の入り口の門まで出ると、二人はにこにこしながら韓国語で自己紹介をした。そして全さんが「これから試験のある時は、私の家に来て、一緒に勉強しましょう。お父さんが日本語が話せるので、喜びますよ」と英語と韓国語を使いながら話してくれた時の感謝の感動は今も忘れることができない。

その後、全さんが誘ってくれる時は、時々一緒に行って一晩泊まりで勉強しに行ったことも何度かあった。全さんのお母さんは、数年前、病気で亡くなられ、日本語をよく話すお父さんと二人の妹がいて、皆がまるで家族のように優しく接してくれて、私の心が癒されるのだった。

私が体調を崩し、延世大学医学部を退学した後も、全さん家族への感謝の思いは決して忘れることはなかった。身体は弱くても韓国で私にできる仕事は必ずあると信じていたので、日本に永久帰国する前には必ず全さんと会って感謝の気持ちを伝えたいと思い続けて来た。

そして、前述したように天の導きにより私にふさわしい職場として韓国外国語大学が与えられ、日本語教育に携わりながら、韓国に居ながらにして世界各国から来た教授の方々や韓国の学生達と心情交流ができたことは私にとって最も楽しい一時であり、外国語大学で過ごした頃の思い出は私の人生にとって大切な宝物となった。

私は、「傍にいて欲しい」と言う母の切なる願いを受けて帰国を決断した時、真っ先に思ったことは、クラスメートだった全さんに必ず会って、お礼を言ってから帰らないといけないということだった。彼女は今、どこに住んでいるのだろうか。全さんの連絡先を知るためには、延世大学医学部の事務室に行って尋ねるしかないと思った。

十二月初旬の天気の良いある日、ソウル在住の友人を誘い、十五年ぶりに延世大学医学部の事務室を訪ねた。私は、韓国外国語大学の職員証明証と私の名刺を、応対した男性事務員に渡し、事情を話した。事務員さんはすぐ納得し「少々お待ちください」と言ってコンピュータの前に座った。大分時間がかかるかなと思っているうちに「これです」と言って五分も経たないうちに全さんの住所と電話番号の記録された用紙が私に手渡されたのである。私は印字された彼女の名前を見た時懐

全さんとともに（ソウルのプラザホテルで）

かしくて、うれしくて心が躍った。事務員さんにお礼を言ってすぐ事務室を出た。ロビーで待っていた友人と一緒に大学前の懐かしい新村《シンチョン》商店街を通り新村ロータリーの歩道を歩いてみた。平日の午前中だったからかもしれないが街はとても静かで、私が新村に住んでいた頃の喧騒な街の雰囲気は感じられなかった。新村ロータリーの歩道を左に曲がって十分くらい歩くと、左手に梨花女子大学に通じる道路があり、道の両側の商店街もとても静かだった。

　その日の夕方、私は胸をドキドキさせて、全さんに電話をした。全さんは、すぐ電話に出た。私が名前を告げると、全さんはそんなに驚いた様子もなく、うれしそうに「そうでなくても、今日、お父さんが、安部さんのうわさをしていたところだったんですよ。お父さんは今年八十歳（傘寿《さんじゅ》）になったんですよ」と、とても親しげに話してくれてうれしくなり、十五年の隔たりは一気に縮まっていった。

お父さんと全さん、お二人の時間が合う日を選び、その当時ソウル市庁の向かい側にあったプラザホテルのロビーで会う約束をした。そうして約束をした日、私達三人は十五年ぶりの再会を果たしたのだった。全さんのお父さんは、傘寿（満七十九歳）とはいっても元気溌剌としておられその歳が感じられなかった。全さんは顔つきも髪型も学生の頃と変わらないと思った。私は、全さんと全さんのお父さんにお礼が言いたくてお食事にお誘いしたのだったが、その時はまるで私の送別会のような雰囲気になってしまったようだった。でも、お二人に再会できて本当にうれしく感謝の気持ちでいっぱいだった。

全さんのお父さんは中学校の音楽の先生だったそうで多様な楽器を用いて演奏活動をされたそうだ。私の帰国のおみやげに幅の広い鋼板を振動させて音色を出す鋸《のこぎり》の楽器で本人が演奏した韓国の歌曲や聖歌を録音したＣＤを頂いた。帰国後私はそのＣＤを何度か聴いたが、哀愁のこもった高い音色で奏でられ、もうこれ以上残酷な戦争など引き起こさないで、平和な世界を創りましょうと呼びかけているように感じられた。

日本に帰国後も全さんとは、国際電話や文通が続いた。引っ越しを何度もしたりして今はお互いに連絡は途絶えたが、若き日に縁あって出会い、心情交流を通して愛の絆で結ばれているので、その心は永遠に残ると私は信じている。今でも全さんのことを思うと心温まるのである。

帰国後の私と母

平成十二年（二〇〇〇）十二月、定年まで居るようにと引き止める先生や学生に後ろ髪を引かれるような複雑な思いのまま帰国の途に就いたのだった。入るだけの荷物をぎっしり詰め込んだ大きなスーツケースを引っ張って母のもとにたどり着いた時、母が「ああ、うれし、うれし」と子供のように小躍りして喜ぶ姿を見て、私は「これでよかったのだ」と自分に言い聞かせた。

帰国後しばらくは家事をしながら母と共に過ごしたが、休暇で帰って来た時のようにのんびりとした気分にはなれず、母との対話も以前よりは少なくなっていた。長い間韓国で暮らしてきて、日本では生活できるだけの年金も受け取れない私は、母のいなくなった後のことを考えると何か仕事を見つけて働かなければならないと思った。兄達とも相談して昼間はホームヘルパーに母の身の回りのお世話をお願いすることにして仕事を探した。最初は友達が紹介してくれた日本語学校の教師として非常勤で働いたり新しく立ち上げた日本語学校の主任教員を務めたりしたが、授業の準備や宿題、試験の採点など仕事を家まで持ち帰って夜遅くまでやることが多く、私には体力的に無理な仕事だった。昔から医学・医療の分野に関心の深い私は、病院か医療施設で働きたいと思い、医療事務とホームヘルパーの学院に通い平成十五年（二〇〇三）十二月二十五日、ヘルパーの資格を取得した。幸いにも資格取得後すぐに赤坂にある病院に採用が決まった。まるで神様からのクリスマスプレゼントを頂いたかのように感じ感謝した。

初め頃は慣れない仕事に戸惑い、若い先輩の職員に叱られながら緊張して働く自分を情けなく思ったこともあったが、家で私の帰りを待つ母のことを思い、こうして仕事が与えられ「働けるだけでもありがたいことだ」と思い直し、自分を元気付けては毎日混み合う電車で通勤した。

世渡りの不器用な我
じっとみる
通勤電車の窓のその顔

その頃母は心臓を悪くして、一か月ほど病院に入院したことがあったが、退院後はすっかり身体が弱り、ほとんどベットから離れられなくなっていた。母の身の回りの世話は日曜日を除き、すべてヘルパーさんにお願いしていた。私が勤め始めて母と話す時間はほとんどなくなったが、母の様子はヘルパーさんや訪問看護師さんの記入した連絡ノートや訪問介護記録を見て知ることができた。私は帰宅後毎日それを見て一喜一憂した。「今日はとても御機嫌がよさそうで『昨日はうなぎを食べた、とてもおいしかった』『いちごジャムは、青ハタのがおいしいね』などとおっしゃっていました」「島根のお話をしてくださいました」などと記されていると元気そうだなと思いほっとした気持ちになり、「今日は『難儀だけん食事いらんわ』とおっしゃいました」「今日は、少しぐったりしている様子がうかがえました。食事の時とトイレ移動の時以外すぐに横になりたいご様子でした」などと記されていると心配で落ち着かず、安心した気持ちで眠れなかった。母がたとえ寝たきりであったとしても生きていてくれるだけで私にはありがたく、大きな心の支えだった。

母は以前より口数はずいぶん少なくなったが、私が帰ると気分のいい時はベットから起き上がり、ヘルパーさんの話をしたり台所で夕食の支度をする私の様子をじっと見ていたりした。

病院に勤め始めて何か月かが過ぎ、だんだん仕事に慣れてきて職場の皆からも認められるようになってくると、心にゆとりが持てるようになってきた。仕事を探していた頃は、朝出勤する人達が駅の方に向かって忙しく歩いて行く様子を見てうらやましく思ったものだが、こうして今、私にできる仕事が与えられ、私も働いていると思うと感謝の念と働く喜びが湧いてきたのだった。そして以前に母が私に渡してくれた『福澤諭吉訓』の

世の中で一番淋しい事は仕事のないことである
世の中で一番楽しく立派な事は一生を貫く仕事を持つことである

ということばを思い出し、その言葉を噛みしめてみるのだった。

ある日曜日の昼下がりだったと思う。母はいつになく気分がよくて故郷島根の話や勤めていた頃の話をまるで友達と話しているかのように楽しそうに私に話した。松江の天神様のお祭りに行った

時の話や鳥上で働いていた頃の話などを聞いた。そして母は話の最後に「おかげさんで長生きさせてもらったわ。ほんに楽しい人生だったわ」と言った。私は、はっとした。私から見ると母の人生はけっして楽しい人生とは思えなかったからである。母の心の中では辛かったことや悲しかったことはすでに昇華されて楽しかった思い出だけが走馬灯のように浮かび上がってくるのだろうか。母の言葉に私は「よかったね」とだけしか答えられなかったが、苦労ばかりしてきた母がしみじみと「楽しい人生だった」と言えるとはなんと立派な人だろうと感心せざるを得なかった。

母は九十歳の誕生日も家で迎えることができたが、食べ物がほとんど食べられなくなった。六月に点滴するために入院し、七月から食事は経管栄養摂取に変わった。私は、仕事が終わった後、毎日母の様子をうかがいに病院に通った。兄達も勤めのない日は母の見舞いに来た。母が経管栄養摂取に変わった当分は、非常に苦しそうで見るのも辛かったが、心の中で母は必ず元気になると確信していたので「もう少し涼しくなったら元気になるからね。もうちょっとの辛抱ね」と元気付けた。母は声には出さなかったが「わかったよ」と言っているようなまなざしで私を見ていた。

八月末頃になり、朝晩涼しい風が吹き始めると、私が思っていたように母はだんだんと穏やかな顔になり元気を取り戻してきた。だが、同じ病院での長期入院はできないため九月には別の病院に移ることとなった。

新しく移った病院には療養型専門の病室があり、よく行き届いた介護を受けて母はすぐに元気を回復し話ができるようになった。十月中旬頃だったと思う。私が母のベッドの側に行くと、「今日はね、インフルエンザの予防注射してもらったよ。インフルエンザの注射は初めてだわ」と、はっきりとした元気な声で話しかけてきた。入院して以来、母が自分からこんな元気な声で話すのを聞いた事がなかったので驚いた。その部屋は四人部屋で、ちょうどその時、母親のお見舞いに来て顔見知りになった二人の女の人も驚いた様子で母の方を見た。私はうれしくなって、「よかったね。お母さん、元気になって。優しい先生や看護師さんにも会えてよかったね」とにこにこ顔で答えた。顔見知りになった二人も母の側に近づいてきて、「お母さん話せるんですね。初めて話す声を聞いたのでびっくりしましたよ」と言って、二人は初めて母とあいさつを交わしたのだった。

私は、毎日母に会いに病院に通ったが、バッグの中にいつも小さな手帳大の『小倉百人一首歌かるたのしおり』を忍ばせておいて、母が惚けてしまわないようにと願い、母の気分のいい時にはそれを取り出し、上の句を詠んで母の記憶力を試してみたりした。「お母さん、この歌覚えてる？」と言って「おくやまに～」と詠い出すと、すぐに「もみぢふみわけ　なくしかの　こゑきくときぞあきはかなしき」といった具合に答えることができた。ちょうどケアで回って来た看護師さんに「母は百人一首をよく覚えていますよ」と母に聞こえるように自慢すると看護師さんも「本当ですか。安部さん聞かせてー」と母にうながし、私が「はなのいろは　うつりにけりな～」と詠い始めると「いたづらに　わがみよにふる　ながめせしまに」と得意げに続きを詠った。私はそんな純真な母がいとおしく思われてならなかった。

母がこの病院に移って来て五か月が経ったあくる年の二月中旬にまた別の病院に移らねばならなかった。三度目の病院は、家からも遠くなり、毎日は母に会いに行けなくなったが、極力行くように努めた。その頃から母は、声を出そうとすると咳き込むようになってだんだん話さなくなった。百人一首の歌も分かってはいるが、声に出せなくなった。私の覚えている歌の上の句を詠み「お母さん、この歌わかるよね」と聞くとうなずくので「声出さなくてもいいからね。私が詠むから」と言って下の句を詠んだりするようになった。そして私は、心の中で「お母さんは、もうそんなに永くは生きられないだろう。今のうちに、お母さんに言いたいことを言っておかないといけない」と思い始めていた。

ある日、私は百人一首の歌を一、二首詠んだ後、次の歌を詠んだ。

我が母の
清らなる目に　涙満つ
見送る姿　映えて麗わし

この短歌を詠んだ後、この歌は、私が韓国外国語大学に勤務していた頃、学生の作った詩集に

「母」と題して掲載した歌であることを母に話し、私が小学校一年生の時、母が保健師の研修会で三成に来て、私に会いに学校に来た時の思い出をゆっくりと話した。「お母さんがね、学校の前のお菓子屋さんで羊羹を買ってくれて食べたよ。校門のところで別れる時、お母さんぽろぽろ涙流してた。その涙に太陽が当ってキラキラ輝いてた。その時わたしね、お母さんきれいだなあと思ったよ」。母は表情一つ変えずに、ただじっと黙って聞いているだけだった。悲しかったことや、辛かったことは話したことのない母だったからもう記憶に残っていなかったのだろう。それから私は「お母さん、ありがとうね。長生きしてくれてありがとうね。長い間たくさん、たくさん働いてきたもんね。もう何も心配しないでゆっくりゆっくり休んでいていいよ」と言った。その時母は、ちょっと悲しそうな顔になってわずかにうなずいた様に見えた。その後私は、母に会いに行くたびに「お母さん、ありがとう」「長生きしてくれてありがとう」という言葉を言った。母が元気な頃は、心では感謝の気持ちを持っていても気恥ずかしくて「ありがとう」と言えなかったし、母が小言を言うとついきつい言葉で言い返し、後で悪かったなと思っても「ごめんなさい」と素直に言えなかった私だったが、その時やっと素直に言えたのだった。今思うと、母がもっと元気な時に言っておけばよかったのにと悔やまれてならない。その時母が入院していた病院には、リハビリテーション担当の職員がいないので、私は来るたびに母の手足をゆっくりと屈伸させたり、さすったりして、自分なりに安心して「お母さん、また来るからね」と言って帰って行くのが日課のようになっていた。

母は、この病院に入って二か月目の四月十七日、九十一歳の誕生日を迎えた。夕方病院に行くと、母の頭元の置台の上にきれいな花を生けた花籠と「安部美代様　お誕生日　おめでとうございます。職員一同」とサインペンできれいに書かれたカードが置いてあった。もうおいしい物を食べることも飲むこともできず、ただ寝たきりの母であったが、生きていてくれてありがたいと思った。その日も私は「お母さん、長生きしてくれてありがとう」と母の手をさすりながら言った。

五月始めのある日、ちょうど仕事が休みで家にいた私に、あそか病院の老人介護福祉施設である『あそか園』の相談員の方から電話がきた。母の入所を許可したいので母と面接をすることになったという知らせだった。兄の方にはすでに連絡が入っており、母の面接には上の兄が立ち会うことになった。母が入院して経管栄養摂取のための手術を受けた時、もう再び自宅で介護は難しいと思い、区役所に介護福祉施設入所の申請をした。その時、区役所の係の人は、入所の希望者が大変多いので、三年くらいは待たなければ入れないだろうと言われ、諦めて忘れかけていた。それも一年も経たないうちに入所が決まった。これで入院した後あちらこちらと転院を繰り返すことなく、終身入居できる。しかも母が十五年間も働いたあの『あそか病院』の施設へ入所できるのだ。そう思うと急に何か厳かな気持ちになり、心の中で何度も何度も「ありがとうございます」「感謝申し上げます」と天の神に感謝したのだった。

『あそか園』の母

平成十八年（二〇〇六）五月二十二日、母は『あそか園』に入所した。しかし長い道のりを車に揺られてやっと入所し、その後も検査のため、あちこちと移動させられて、その生活と環境の変化が母には耐え難い負担になってしまったようだ。母は体調を崩し全く弱り果ててしまった。微熱を出し、苦しい息遣いで喘ぐ母を見ると、私は胸が痛みどうしたらいいのか分からずただおろおろするだけだった。せっかく母の働いた懐かしい場所、安心して休める所に入所できたのに、どうか元気になって欲しいと祈る気持ちで見守るしかなかった。母が入院した初めの病院で苦しんだ時は、必ず元気になるという確信を持って母を励ますことができたが、今度は、自信がなかった。戸惑いながら「お母さん、辛いねー」と苦しそうに目をつむっている母の顔を見ながら小さな声で言う私だった。

『あそか園』に入所して一か月が過ぎた頃、穏やかな顔で目を開けている母の姿が見られるようになった。体調がだんだん安定してきている様子だった。「お母さんは偉いねー。よう頑張ったね」と私は母を誉めた。母は穏やかな顔で、静かに私を見ているだけだったが、ちょうどケアのために母のところに来た看護師さんと私が、和やかに話をしている様子を嬉しそうな顔でながめている母の姿が印象に残っている。もう百人一首の歌を聞くのも母には負担になりそうだったので、詠むのを止めた。その代わりに、母がまだ家にいる頃、兄が母のために持って来たトランジスタラジオを母の頭元の台の上に置いた。看護師さんに頼んで昼間は点けておいてもらうようにした。

その年の暑い夏も、母は直射日光の当たる窓際のベッドで特に変わった様子もなく無事乗り切ることができた。暑さも少し和らいだ九月中旬の頃だったと思う。私が行くと、母は窓側の方を向いて横になっていた。窓側に近づいて母の顔を見ると、気持ちよさそうに眠っていた。いつもなら「お母さん、和美が来たよ」と声をかけるのだがその日は黙って母の顔を見ていた。その時、母は気配を感じたのか、ぱっちりと目を開け、優しいまなざしで私に微笑みかけたのだ。その時の母の微笑みは、私が今まで一度も見たことのないような優しさと慈しみにあふれていて、疲れが癒されたような気分になった。母はその後また静かに目を閉じて横向きのまま眠ってしまった。私はいつもする様に母の手や足をさすりながら、母はあの優しい笑顔で何が話したかったのだろうと考えていた。それから後は、目を開けていてもあの時のような母の優しい笑顔は再び見ることはなかった。

あの時の母の笑顔は、きっと足りないながらも私なりに一生懸命母に尽くそうとする私への感謝とねぎらいの思いを込めた微笑みだったのだろうと今思うとまた胸が熱くなってくるのである。

窓際のベッドで休んでいる母の様子は部屋の入り口からよく見えた。母はあお向けになって天井をじっと見つめていることもあったが、目を閉じていることが多くなった。そんな時私は、母の手をさすりながら子供の頃よく聞いたことのある童謡を小さな声で歌ってみた。歌の題名は忘れたが、

「緑の丘の赤い屋根　とんがり帽子の時計台　鐘が鳴りますキンコンカン　メエメエ子山羊も鳴いてます……」とか「私は真っ赤なりんごです　お国は寒い北の国……」という歌詞の歌など。母は、時々目を開けて歌声のする方に顔を向けたり、目を閉じてじっと聞いたりしているようだった。私は、たいてい一時間くらい母の傍に居て家に帰るが、帰る時は部屋の入り口で振り返って、もう一度母の表情を確かめて見る。そんなある日、私は振り返って母の顔を見た時、目を閉じた母の穏やかな白い顔がくっきりと見え、何か神々しさのようなものを感じて思わず手を合わせた。それから後、帰り際に部屋の入り口で、母の方に向かって軽くお辞儀をして帰ることが幾度もあった。

十月中旬のさわやかな秋晴れの日曜日、私は午前中のうちにあそか園を訪れた。門の入り口を入ると、庭の真ん中あたりで、ヘルパーさんが移動式ベッドの上の人に、何やら話しかけている姿が目に付いた。日向ぼっこをしている様子だった。私はそれを見過ごして母のいる部屋へと向かった。途中、廊下でヘルパーさんに出会った。ヘルパーさんは、私を見ると「安部さんは、庭で日向ぼっこですよ」と伝えてくれた。さっき庭で日向ぼっこしていたのは母だったのだと思うとうれしくなった。こんなすがすがしい秋晴れの日に日向ぼっこに連れて出てもらってよかったなと思いながら庭にいるヘルパーさんに近づきあいさつをした。側に置いてある二台の移動式ベッドには母ともう一人同室の人が仰向けのまま日向ぼっこをしていた。母は、気持ちよさそうに秋晴れの青い空をじっと見つめていた。やがて天界に旅立って行く母、その道をじっと見つめているような母のまなざしを感じていた。

十一月十六日（木曜日）は、小春日和のいいお天気だった。私は、仕事がお休みなので、朝から洗濯をし、ベランダで洗濯物を干していた。十時半頃だったと思う。携帯電話に電話が入った。あそか園の相談員の方からだった。母が危篤で、あそか病院の応急室に運ばれたという知らせだった。干しかけていた洗濯物をそのまま投げ出し、タクシーに飛び乗って病院へと急いだ。

お母さん、きれいですよ

母は、病院の個室に移され、酸素マスクを着けて横たわっていた。担当の医師が処置をしてしばらくは大丈夫だということなのでちょっと安心した。すぐに兄達に連絡した。上の兄は勤めのない日でちょうど家にいたのですぐやってきた。母は、この世を旅立つ日、兄も私もちょうど仕事の休みの日を選んでくれたのだと思った。私は母の耳元に顔を近づけて「お母さん」と呼びかけ「長い間ありがとう」と話しかけた。兄も「お母さん、ありがとう。……」などと話しかけたが、母はただ目を閉じたまま呼吸をしているだけだった。

午後になり、姉がやって来た。姉は母の耳元に顔を近づけ「お母さん、きれいですよ！」と話しかけた。その時、母は目をつむったままだったが、姉の方に顔を向け、何か言うように口をもぐもぐと動かしたのだ。「あっ、何か言ってる」。姉は驚いて言った。母はその後すぐまた元の姿勢に戻った。私や兄が何を話しかけても何の反応も示さなかった母だったが、姉の話しかけに答えるように身体を動かしたのだった。きっと母は、姉といろいろ話がしたかったのだろう。そして姉の言った「お母さん、きれいですよ！」という言葉がうれしかったのだろう。姉のその言葉は、これから天国へ旅立とうとする母にとって最もふさわしい餞《はなむけ》の言葉だったと今思うのである。

バイタルチェックのモニターが鳴り始めた。母の足をさすりながら母を見守っていた看護師さんが、「耳は最期まで聞こえますから、何か話しかけてあげて下さい」とうながした。私は「お母さん、長い間ご苦労様でした。お母さんが十五年間も働いた『あそか病院』で最期を迎えられてよかったね」と言った。母があそか病院で働いたことなど知らない看護師さんは「ああ、そうだったんですか」と母の足をさすりながらつぶやいた。

午後三時五分、担当の医師が母の臨終を告げた。

母の告別式の日、きれいに化粧して静かに眠っている母の棺の中へ、母のお気に入りだったブルーの縞のワンピースと宝物のように大切にしていたあの金色の紙表紙の百人一首の歌の本を入れた。式場の担当の人が、「お母さんが一番好きだった歌のあるところを開いて見えるように置いてあげなさい」と言われたが、母は百首を全部覚えていたのでどの歌が一番好きだったのか分からなかった。本をぱっと開いてみると、小野小町の「はなのいろは　うつりにけりな　いたづらに　わがみ

よにふる　ながめせしまに」の歌が目に留まった。私は、そのページを開いて母の胸の上に置いた。母は今頃、天国で大好きだった百人一首の歌競技に興じているのではなかろうか、などと思ってみるこの頃である。

韓国から帰国して約六年の間、私は母のために何一つ充分なことはできなかった。母ともっといろんなことが話したかった、もっと優しくしてあげればよかったなどと悔やまれることはいろいろあるけれど、母の最期の時まで傍にいてじっと見守っていて上げることができて、帰って来ていて本当によかったと心から思うのである。母は、戦中、戦後の激動する時代の渦中で、自分に与えられた運命を素直に受け止め、直面する厳しい現実に耐え、前向きに精一杯に生き抜いて来た。そうして荒波を乗り越えて完全燃焼を遂げ、天国へと旅立って行った。「山野に咲く白百合」の如く凛として、明るく生き抜いた我が母に深い感謝と敬意の真心を捧げたい。

第三章　中野の思い出

豊かな自然に囲まれて

私は小学校に入学するまで、島根県雲南市三刀屋町《みとやちょう》坂本（当時、飯石郡中野村大字坂本）の伯母（父の姉）夫婦の家で育った。

中野の家のすぐ前には、野菜畑があり、いつも季節ごとの野菜でいっぱいだった。野菜畑と広々とした田んぼに挟まれて、水をいっぱいにたたえて、さらさらと流れる小川があって、ところどころにめだかの群れが泳いでいた。その透き通った小川の水で、畑で採れた野菜を洗っている伯母の姿をよく見かけたものだった。

田んぼの向こう側には、当時大川と呼んでいた川幅の広い三刀屋川が流れていた。中野の納屋に母がいる頃は、二人の兄について大川によく魚釣りに行った。魚釣りといっても、私は側の浅瀬で小さな雑魚を手ですくって遊ぶくらいのものだったが、楽しかった思い出として記憶に残っている。魚釣りに行く時、兄は長い天蚕糸《てぐす》の釣り糸の先に釣り針のついた釣竿を持って出かける。私も一緒に家の近くの畑や田んぼで魚の餌にするミミズをたくさん取って小さな空き缶の中に入れ、兄の後ろからちょこちょことついて川へ向かう。川に着くと兄は魚が釣れそうな場所を選んで大きな岩の上に立って釣り糸を垂らす。魚はあまり釣れないことが多かったが、釣れた時は、水を少し入れた小さなバケツの底で鮎《あゆ》とかうぐいとかいう魚などが四、五匹泳いでいた。私は側の石の上で、川の水溜まりに手を突っ込んで小魚をすくったり小石をひっくり返して小魚を探したりして遊んだ。川で遊んだそんなある日、兄が側に来て「家へ帰るぞ」と私に声をかけた。はっとして立ち上がると、辺りはもう薄暗くなっているのに気が付いた。水遊びに夢中になっていて日が暮れるのも分からなかったのだ。私は急に寂しくなった。もうずいぶん長い間家に帰らなかったような気がしてきた。あのお伽話の浦島太郎が家に帰った時、故郷はすっかり変わってしまっていたように、もう私の帰る家も無くなってしまったのではないかと思った。兄が二人、側に居るのに私は急にしくしくと泣き出してしまった。先頭になって大急ぎで川岸を上り、しくしく泣きながら帰りの道を急いだ。「なして（どうして）泣く?」と後ろで兄が言う声が聞こえたが、私は前方にある伯母の家を確かめるのに必死だった。目の前に灯りのついた伯母の家が見えて来ると、ほっとした私はようやく泣き止んだのだった。

中野の伯父は、時々大川に行って浸《つ》け針《ばり》や瓶浸けをして魚を取って来ておかずの足しにしたり酒の肴にした。伯父は夕方陽が沈む前に川に出かけて行った。その時は私もよく伯父について行ったものだった。

浸け針は、うなぎが産卵のために川に上って来る夏の季節に、流れの穏やかな大きな岩陰の二、三か所に餌をつけた釣り針を浸けて釣り糸を小枝や石などに結び付けて固定し、一晩置いてうなぎのかかるのを待つ釣り方だった。あくる朝早く浸け針を上げに行くのだが、うなぎが釣れているといいなと期待しながら伯父の後について行った。三か所の浸け針のうち一か所ぐらいはうなぎか、なまずがかかっていることがあった。大きなうなぎが取れた時は、伯父もとてもうれしそうだった。伯父は家に帰ると、すぐそのくねくね、にょろにょろするうなぎをまな板の上に載せ、頭のてっぺんにスコンと錐《きり》を差し込んでまな板に固定してうなぎをさばき始める。うなぎは頭を切られた後も体をくねくね動かしていた。

蒲焼にして食べたそのうなぎは脂《あぶら》がのっていてほっぺたが落ちそうなほどおいしかったことを覚えている。焼いたなまずの身も一口食べてみたことがあるが、脂がなく、水っぽくて全然おいしくなかった。

瓶浸けの瓶は、おおきなフラスコのような形をした透明なガラス瓶で一方の口は、瓶の内側の方に丸くだんだん細く入り込んでいて、魚がいったん中に入ると外に出られなくなるように作られていた。もう一方の口は、広くて魚が取り出しやすくなっていて、水を通しやすい薄い布切れなどを被せて紐で瓶のふちに結び付けてあった。伯父は川虫などの餌を入れたその瓶を、流れの穏やかな場所を選んで、膝の少し上ぐらいまで川の水に浸かりながら川底に沈めておいた。あくる朝、伯父が川底から瓶を引き上げると、たいてい五、六匹ぐらいの大小の雑魚が瓶の中で泳いでいた。伯父はそれを天ぷらにして酒の肴にした。雑魚はおいしくないので、私は食べなかった。

冬になって雪が積もると、兄達は家の後ろの畑の傾斜で竹スキーをした。私は木の板箱の両端に竹を付けたそりに乗って遊んだ。霜焼けで紫色に腫れ上がった手がかじかんで痛かったが、両手にはあはあと白い息を吹きかけて夢中になって遊んだ。

兄には、近所に同じ年頃の友達が一人いたので、遊びに行く時は一緒について行って遊んだこともあった。

お祭りやお正月が近づくと、伯母はよく豆腐を作った。私は伯母が台所で、軟らかくした大豆を石臼で挽いているのを見かけると、「手伝って上げえわ」と言って伯母と代わって石臼を回し始めるのだが、二、三回ぐらい回すと重くて止めてしまうのだった。

私が手伝えるのは、煮た豆汁を大きな布袋に入れ、こして豆乳を作る時だった。伯母は豆汁を入れた布の袋の口を手でねじってこしてから上に豆腐箱のふたを置き、その上に細長い板を載せて両端を上から力いっぱい押してしっかりと汁気を絞り切る時だった。伯母が細長い板の片方の端を両手で上からしっかりと押さえ、私はもう片方の端の方に腰掛けて重しのかわりとなった。そうして桶の中に溜まった豆乳に、にがりを入れ四角い大きな豆腐箱に移してふたをして、石の重石を載せてしばらく置くと固まって豆腐が出来上がった。伯母がお手伝いをしたご褒美に、豆腐箱に移す前ににがりを入れて少し固まりかけた豆乳をコップですくって私に飲ませてくれた。「豆腐より豆乳の方がおいしいな」と思ったことを覚えている。

ある年のお正月に家族が全員母屋に集まって、御馳走のいっぱい並んだ長いテーブルを囲んでお雑煮を食べたことがあった。私はみんなが集まって一緒に食事ができるのがうれしくてたまらなかったが、お正月に家族が一緒に集まって食事をしたのはその時一度だけしか覚えていない。今、その時のことを思い返してみると、母が父の戦死を知り、小学校に通い始めた二人の兄を連れて、母の実家のある松江市佐草町に、居を移すことを決めた年のお正月だったのだと気付いた。みんなが一緒にお正月の御馳走が食べられると、はしゃいでいた私を、母はどんな気持ちで見ていたのだろうと思うとまた胸が熱くなってくるのである。

自然は我が友

中野の納屋にいた母と二人の兄がいなくなると、私の遊ぶ範囲も狭まってしまった。一人で川に行くのは怖いし、近所に同じ年頃の友達もいないし、一人ぼっちになった私の遊び相手は放し飼いの五、六羽の鶏と裏山の森の木々だった。鶏と仲良しになりたくて、家のうしろにある蔵の中にそっと入り、大きな桶の中に貯蔵してある小麦を一握り取り出して「コーコー、コーコー」と鶏を呼んだ。裏の畑や庭で餌をあさっていた鶏が、私の呼び声でちょこちょこと走ってすぐ集まって来た。ばらまいた一握りの小麦を「コッコッコッ」とうれしそうな声で鳴きながらついばむ鶏を見て私は楽しんだ。そんなある日、私が蔵から持ち出した一握りの小麦をちょうど鶏にばらまいているところを伯父に見つかってしまった。

伯父は笑い顔で「こらこら。いけん、いけん」と言っただけだったが、しばらくして伯母が私の側に来て、「鶏に餌やーのやめなはい。こーから蔵なんかに入っちゃいけんよ」ときつい顔で私を諭した。

その頃、伯父は、中野村の役場に勤めていたようだが、細い木の枝の鞭で牛のお尻を叩きながら鍬で田んぼを耕している姿をよく見かけた。私には優しくて一度も怒ったことがなかった。普段はほとんど話したことはなかったが、お酒が少し入ると機嫌がよくなって、仕事から帰って来ると「あっちゃん、遊ばあこい」とにこにこしながら私に声をかけてくれた。「あっちゃん」というのは、私のあだ名だった。どうして「あっちゃん」と言ったのか覚えていないが、私は自分のことをいつの間にか「あっちゃん」と呼んでいた。

伯母にきつく諭されて、蔵の中の麦を持ち出せなくなった私は、庭で餌をあさっている鶏にそっと近づいて抱っこしてみようと思った。ところが、私が近づくとみんな逃げ出してしまった。そこで逃げ出す鶏の一羽に狙いをさだめて追い回すとその鶏は「もう、降参！」と言わんばかりに嘴《くちばし》を開けてハアハアと息を切らしてしゃがみこんでしまった。私はその鶏を抱き上げた。それは白い羽の雌鶏《めんどり》だったが、私が抱っこして歩くにはかなり重かった。私はすぐ側の物干し竿にかけてあった古い大きな布風呂敷をさっと引き取って、それに鶏を首から上だけを出して包み、それを背中におんぶして歩いた。振り返って首を出している鶏の方を見ると、驚いたのか、怖いのかその白羽の雌鶏は鳴き声一つ出さず、長い首を伸ばしたり縮めたりしながら目を白黒させていた。今、その時の光景を思い出すと白羽の雌鶏も私自身の行動も皆、漫画の一場面のようにこっけいに思えて自然に笑いが込み上げてくるのである。

鶏を遊び相手にしても一つも楽しくないので、それきり鶏と遊ぶのは止めてしまったが、夕方になると全部の鶏が、牛舎の上の止まり木にちゃんと止まっているかを確かめるという私の役目は怠らなかった。朝早く伯父か伯母が牛舎の戸口の戸を開けておくと、毎朝鶏は止まり木から牛舎の扉の上を伝って土間に飛び降り、餌をあさりに外へ出て行く。夕方薄暗くなり始める頃には、牛舎に戻って来る。私は、鶏が牛舎に戻ってくる前に、太い縄をらせん状に巻いた太くて長い竹の棒を牛の出入り口の木の扉に斜めに立てかけておく。戻って来た鶏はその竹の棒に巻いたらせん状の縄を足場にして木の扉の上まで竹の棒を伝って上り、牛舎の壁の上側に取り付けた止まり木に飛び移ってそこで寝るのが習慣になっていた。丸々と太った雄鶏《おんどり》や雌鶏が竹の棒を、えっちらおっちらと上って行くのは、まるでサーカスの綱渡りを見ているようで、おもしろかった。ほとんどが失敗することなく上手く上って行くが、たまに上る途中で失敗して「ココッコッコッ」と鳴きながら落ちるのもいた。失敗するのはたいてい若鶏だったが、上るのを成功するまで何度でも同じことを繰り返して最後には必ず止まり木に止まった。鶏全部が止まり木に止まったことを確かめてから、立て掛けた竹の棒を片付け、牛舎の戸口の戸を閉めるとその日の私の役目は終わった。

私は裏山の方にも行ってみた。森の中に入る坂道の入り口に、小さな椿の木が一本あった。

ある日、裏山の方に行くと、その椿の木は丈も低く、幹も細いのに真っ赤な花をいっぱい咲かせていた。「こんにちは。椿さん、真っ赤な花、きれいだね」と話しかけてみた。椿の花は、散る時に咲いたまま首のところからぽとりと落ちるので飾る花としては使われないと聞いたことがあったが、その時私の見た椿の花は、ひっそりとした自然の森の山陰に真っ赤な花をいくつも付けて誇らしげに咲いていて「きれいでしょ。私を見てちょうだいね」と言っているように思えた。森の中に入ると辺りはしーんと静まり返っていたが、なんだか森の精に守られているような気がして心が安らぎ、ひとつも寂しいとは思わなかった。森の坂道を下りて家に帰る時は「また来るけんね。椿さん」とあいさつをして帰った。

裏山の森の坂道を上り、薄暗い茂みの小道を通り抜けると、ぱっと視野が開け、なだらかな丘に出る。そこには桑畑と麦畑があった。ある日、一人で森の小道を通り抜け、丘の畑のところまで上ってみた。上るとすぐ目の前の桑畑に、濃い緑の大きな葉っぱをいっぱい付けた桑の木に、紫色に熟した桑の実が鈴なりに生っているのが目に付いた。私は、紫色に熟した桑の実を採って食べながら、母がまだ中野の納屋にいた頃、母と一緒にここに来て、桑の葉をいっぱい摘んだ時のことを思い出した。摘んだ桑の葉は、母が大きな竹の背負い籠にいっぱいに詰め込み、私は小さな背負い籠に軽く半分くらい入れて、家まで背負って帰った。母がいる頃、中野の家では養蚕の仕事もしていた。養蚕の時期になると、母屋の表側の縁側のある部屋が養蚕室になった。畳一畳くらいの大きな木の箱の中にわらを敷いて床が作られ、蚕の幼虫はそこで育てられた。はっきりとは覚えていないが、その蚕の床は三段ベッドのようになったものが二、三台くらいあったような気がする。蚕が一、二センチくらいの小さな幼虫の時は、桑の葉を細長く切って幼虫の上にぱらぱらと振りかけて与え、幼虫がだんだん大きくなると、葉っぱをそのまま幼虫の姿が見えなくなるくらい上に載せて与えた。長さ五、六センチほどの幼虫がいっせいに桑の葉っぱを食べる時はまるで小川のせせらぎのようにサワサワ、サワサワサワという音となって聞こえてきて心地よかった。

丘の上の桑畑で、一人で桑の実を食べながら、桑の葉を母と一緒に摘んだ頃のことを思い出すと、だんだん寂しくなってきた私は、まだいっぱい残っている鈴なりの桑の実を残したまま、森の坂道を下り、家の方へと帰りを急いだ。

伯父や伯母は、朝まだ暗いうちに起きて仕事に出かけた。伯母は、牛の餌になる草を刈りに田畑の土手に出て行った。私が朝目を覚ますと、家の中はがらんとして静まり返っていた。私は起きるとすぐ寝間着を着替え、庭に出て田んぼの土手の方を向いて伯母の姿を探した。草刈りをしている伯母の姿を確認すると安心して家の中に入り、大人しく伯母の帰りを待った。たまに、いつもいそうな場所に伯母の姿が見当たらないと、不安になって庭を走り回って伯母を探す。それでも見当たらない時は、「おばさーん、おばさーん」と泣きそうな声を出しながら家の近くを走り回って探す。そうすると「はい、はい。どげした、どげした」と言いながら納屋の中からひょっこりと伯母が現れたこともあった。

中野の伯母と（小学校２年の頃）

　ある夏の日の明け方、私はいつもより早く目が覚めた。その時伯母は丁度草刈りに出かけようとしているところだった。私は「あっちゃんも一緒に行く、行く」と伯母にせがんだ。伯母は仕方なく私を連れて草刈りに出かけて行った。家の前の川のほとりの土手に着くと、伯母は私のために持って来た小さなござを草の上に敷いて、「ここで休んじょうなはい。これを上にかけて」と言って伯母がよく使っている黒い毛糸で編んだ肩掛けをござの上に置いた。伯母が私の休む場所まで用意してくれたんだと思うとうれしくて「うん！」と元気な返事をして、すぐそのござの上に仰向けになり、その上に毛糸の肩掛けを頭からすっぽりかぶった。近くに伯母さんがいるので安心した気持ちになって黒い毛糸の肩掛けの下でもぞもぞしていたが、その時、ふと粗い網目の隙間から、朝の光が差し込んで来るのに気が付いた。肩掛けを少しずつ動かすと、その光は、赤くなったり青くなったり白く見えたりしてまるで光のパノラマを見ているようだった。「さあ、帰ーよ」という伯母の声で、私ははっと目を覚ました。毛糸の肩掛けの下で、光のパノラマを楽しんでいるうちに、いつの間にか眠ってしまっていたのだった。

伯母は、草刈りを終えて家に帰るとすぐ朝ご飯の支度にとりかかった。かまどで炊いたご飯が炊き上がると、毎朝炊き立てのご飯をまず仏壇にお供えした。伯母がふんわりと湯気の立つほかほかのご飯を、お供え用の茶碗に盛り、お膳に載せて私に渡すと、私はそれを表の客間に備え付けられた、金色に輝く大きな仏壇にお供えしてから手を合わせた。そうしてその日一日が始まるのだった。

ある日の夕方、仕事から帰って来た伯父が「これ、見なはい」と言って、薄い一冊の本を私に手渡した。見ると、黄色い表紙に桃太郎の絵がきれいに描かれた『ももたろう』の絵本だった。桃太郎のお伽話は、夜、寝床の中で伯母から聞いたことがあったが、絵本を見るのは初めてだった。私は小躍りして喜んだ。そうして『ももたろう』のお話を最初から最後まで何度も繰り返し繰り返し読んだ。そのお話は、八・五調と七・五調で書かれていてリズム感があったので、二、三日も経たないうちにすっかり覚えてしまって絵本を見ないで口ずさんだりするようになった。今でもその絵本の絵とお話は最後のページまで覚えている。

絵本の最初のページは、おばあさんが川で洗濯しているところと川上の方に少し赤みがかった大きな黄色い桃の絵が描かれ、左上の方に小さく山で芝刈りをしているおじいさんの絵があった。そして右上の方からひらがなで大きくお話が書いてあった。

おてんきよいから　かわのきし
あさからばあさん　おせんたく
ところへもものみ　どんぶらこ
ながれてきたのよ　どんぶらこ

次のページは、二つに割れた大きな桃の中に子供の桃太郎が立ち上がって万歳をしていて、桃の両側で、おじいさんとおばあさんが喜んで笑っている場面が描かれていて、お話は、

ひろってかえった　もものみの

なかからうまれた　ももたろう
これはこれはと　よろこんだ
じいさんばあさん　よろこんだ

という具合に。

絵本を読む楽しさを覚えた私は、時々伯父に「本買って」とせがむようになった。その後、伯父は『したきりすずめ』『こぶとりじいさん』『一寸法師』『安寿と厨子王』『なかよし』などのお話の絵本を買って来てくれたが、初めて読んだ『ももたろう』の絵本ほどには面白さは感じられず、何だか物足りなかった。もう少しひらがなの字がたくさん書かれた本が読みたいなと思った。その当時、村の家庭で大人が読む月刊誌に『家の光』という雑誌があった。伯父がその雑誌を取って読んでいるらしく応接間の床間の隅に読み古した各号ごとの本が重ねて置いてあった。私は、その本の中からできるだけ絵のたくさんありそうなのを探して一冊引き抜いて読んでみた。だが、漢字がたくさんあってよく読めず、あきらめて、その本を元あったところに戻してしまった。

その頃は、中野の家の近くにお店がなかったので、必要なものは、伯父がお店のある坂本橋《さかもとばし》というところまで自転車で行って買って来たようだった。一度だけしか記憶にないが、伯父が自転車のサドルの前に付けた子供用の腰掛けに私を乗せて、坂本橋のお店に買い物に行き、私に飴玉を買ってくれたことを覚えている。

中野の家の方には、たまに行商のおじさんがやって来た。年に一度か二度、富山の薬売りのおじさんが来て、家の常備薬として置いてある薬箱の薬を新しい薬と取り替えたり、使った薬を補ったりして伯母としばらく談話をして帰って行く。普段は人の出入りがなくて寂しかった私は、薬売りのおじさんが、大きな四角い風呂敷包みを背負ってやって来るとうれしくて伯母の後についてちょこちょこと動き回った。玄関の板敷きに腰掛けて待っている薬売りのおじさんのところに薬箱を持って行ったり、おじさんが薬箱の紙袋に入った薬を取り出して確認しながら伯母と話し合っている様子や、大きな風呂敷包みの箱の中から新しい薬を取り出して入れ替えたりする様子を、正座して応対する伯母の後ろで肩越しに見て楽しんだりした。薬売りのおじさんが風呂敷包みの箱の中から薬を取り出す時、プーンと漢方薬のようなにおいがして気持ちよかったことを覚えている。

ある日、普段着や肌着など衣類を売る行商のおじさんがやって来たことがあった。伯母の後についていて玄関に出ようとする私に伯母は「あっちに行っちょうなはい」と言って手で制した。子供を出しに押し売りされると困るからだと察しがついた。

私は、行商のおじさんに見えないように、台所の出入り口の障子の陰でじっとして、二人が話すのを聞いていた。行商のおじさんは、衣類をいろいろ取り出しては伯母に勧め、伯母はそれを「まだありますけん、いいですわ」などと言って断っていた。伯母がいくら断っても、行商のおじさんは買ってもらうまでは帰らないという風に、次々と衣類を取り出しては勧めていて伯母は困っている様子だった。私は「要らないと言っているんだから帰ればいいのに」と思いながらだんだんいらいらしてきた。いったいどんなおじさんだろうと思い、顔が見たくなって、障子の陰からつい頭をひょっこり出してしまった。目敏くそれを見た行商のおじさんは、とっさに「それじゃあ、お嬢ちゃんにこれにしましょ！」とか言って女の子のはくズボンをさっと取り出した。私は欲しくなかったので「要らない！」と言いたい気分だったが、伯母はすぐそのズボンを受け取ってその代金を支払った。

行商のおじさんが帰り、伯母はやっと解放された気分だったのだろう。私には何も言わなかった。伯母が無理やりに買わされたズボンはどんな色だったのか、その後そのズボンをはいたかどうかは全く覚えていない。

私が五歳になった頃だったと思う。ある日、伯父が昼間、家にいたから多分日曜日の午後だったと思う。玄関の方で話し声がするので出て見ると、一人のおじさんが玄関の板敷きに腰掛けて伯母と和やかに話していた。「電気屋さんのおじさんだよ」と伯母が言ったので、私はぴょこんと頭を下げた。おじさんは「おう。お嬢ちゃん、こんにちは」と笑顔で答えてくれた。私はその場にいてもつまらないので、奥の部屋にいる伯父のところに行ったり、居間に行ったりしてまた、玄関のところに行ってみた。すると電気屋のおじさんが、何やら四角いきれいな木の箱のようなものをいくつか取り出して伯母に説明しているところだった。箱の下の方に黒い大きなボタンのようなものが三つくらい付いていて、おじさんがそれをつまんで回すと、なんと箱の中から人の話し声が聞こえたり、歌声が聞こえたりしているではないか。おじさんは「こーからは、お宅さんとこも、一つおいちょかれえといいですがね」と伯母に買うように勧めているようだった。伯母は電気屋のおじさんの説明を聞きながらどうしようかと迷っている様子だった。「ラジオ」とかいうその音の出る箱が、私はもう欲しくて欲しくてたまらなくなった。「買わーや、買わーや（買いましょう）」正座して電気屋のおじさんの話を聞いている伯母の横に走り寄り、伯母の肩をちょんちょんと叩いて熱心に、おねだりした。伯母一人では、決めかねているようなので、絶対に買ってもらわなければならないと思った私は、奥の部屋にいる伯父のところに走って行った。座って何か読んでいた伯父の側によって「ねえ、買わーや、買わーや」と必死になって伯父に頼んだ。伯父は、驚いたように苦笑いをしながら「何かいな、何かいな」と言って立ち上がった。私は、とっさに伯父の手をつかむと電気屋さんのいる玄関の方へと引っ張って行った。私の熱心なおねだりが功を奏してとうとうその音の出る木箱は、家に置かれることになったのだった。

そのラジオは、奥の部屋の入り口のたんすの上に置かれ伯父がスイッチを入れたり切ったりした。昼間はラジオを聞くことはなかったので、今までと同じように私は、一人ぼっちだったが、夕方になったらラジオが聞けるという楽しみができた。ラジオの放送が始まる頃になると、家の中が急ににぎやかになったような気がしてうれしかった。

夕方、五時頃になると子供向けの放送番組が始まった。今、覚えているのは連続放送劇の『笛吹童子』と『紅孔雀』である。放送が始まると、まずテーマソングが流れる。『笛吹童子』の方は、最初の「笛吹き童子　笛吹けば……」ぐらいしか歌詞を覚えていないが、『紅孔雀』の歌詞は「まだ見ぬ国に　住むという　赤き翼の　孔雀鳥　秘めし願いを知るという　秘めし宝を知るという」だったと思う。子供向けの放送が終わった後、覚えているのは、『向う三軒両隣り』花菱アチャコや浪花千栄子の出る『お父さんはお人好し』などの連続ドラマやお笑い番組の『浪花演芸会』などである。私にはよくわからなかったが、伯父が『浪花演芸会』の放送を聞きながら、時々一人で笑っていたことを覚えている。昼間はラジオのスイッチを入れることがなかったので、放送時間はどれくらいあったのかは知らないが、夜は九時頃になると、放送の終わりを告げる「……ラジオのおしまい……」とかいう歌声が流れてその日の放送は終わった。

秋祭りの風船の約束

毎年秋になると、収穫を祝う村の神社の秋祭りが行われた。神社は、裏山の丘の桑畑の向こう側の高台にあったので、お参りする時は裏山の坂道を通って近道で行った。参道や境内の脇には出店が並んでいてそれを見て歩くのが楽しみだった。色紙や紙の着せ替え人形、ビー玉、面子など子供のおもちゃや飴玉や焼き饅頭などの食べ物のお店が並んでいた。伯母に綿菓子を買ってもらったことをぼんやりと覚えている。

中野の家からバスで三十分くらい行った所に掛合町《かけやまち》がある。秋祭りには、その町に住んでいる伯父の従兄弟《いとこ》にあたる人がいつも一晩泊りでやって来た。その人は、五十歳くらいだったと思うが、私はその人を「掛合のおじさん」と呼んでいた。掛合の町役場に勤め、おじさんの家では小さな雑貨店を開いていた。

毎年お祭りの日が来ると、お祭りの御馳走が頂けるのもうれしかったけれど、それよりも掛合のおじさんがやって来るのが楽しみだった。おじさんはやって来ると、いつもにこにこして私に話しかけてくれた。お酒が大好きで、伯父と二人で飲みながら顔を真っ赤にして愉快に話し始める。伯父もお酒が好きだったので、二人は意気投合し夜遅くまで飲んで愉快に過ごしたものだった。その日は、私もいつもより遅くまで起きていて、一緒に御馳走を食べたり、お酒のお酌をしたりした。私がお酌をすると掛合のおじさんはとてもご機嫌で「和美ちゃんはいい子だ、いい子だ」と褒めていろいろと話しかけてくれた。

私が五歳の頃の秋祭りの時だったと思う。掛合のおじさんは、その日も伯父と一緒にお酒を飲んでご機嫌だった。私が側に行くと、いつものように「和美さんはいい子だね」と褒めて「おじさんの家にゃあ、ふくらませえと、こげん大きいなあ（こんなに大きくなる）風船がああよ。欲しかったら上げえよ（あげるよ）」と言いながら、両手を胸の前に上げて丸く輪を作って見せた。私は子供心にも、おじさんはお酒に酔っているから大げさに話していると思ったので、「うそだ。お酒に酔っちょるけん（酔ってるから）、そんなこと言いなはあでしょ（言いなさるでしょう）」と言うと、おじさんは「嘘じゃないけん（から）、本当だけん。酒にゃ酔っちょってもこの話は本当だけん。赤や青や黄色やいろんな色の風船がいっぱいああよ」と言った。おじさんの話は本当なんだと思うと、その風船が欲しくてたまらなくなってきた。「風船、欲しい、欲しい」と言うと、おじさんは、その風船を伯父の家の隣のおじさんにことづけてくれることになった。隣の家の息子さんが、掛合の役場に勤めているので、その息子さんにすぐにことづけてあげると言うのだった。そして忘れないで必ず届けることを私と指切りをして約束した。

私は次の日から毎日、隣のおじさんから風船が届くのを待った。夕方になって隣のおじさんが仕事から帰って来る頃になると、外に出て前庭を行ったり来たりした。三日経っても隣のおじさんはやって来なかった。もしかして隣のおじさんが届けるのを忘れているのかもしれないと思い、隣の家に行っておじさんを呼んで尋ねてみた。「掛合のおじさんから私にことづけ物はないですか」と。おじさんは不思議そうな顔で、「何もないよ」と言った。私はがっかりしたが、掛合のおじさんは、必ず届けると言って私と指切りまでして約束したのだから必ず届けてくれることを信じて疑わなかった。今日は届くだろう。明日は届くだろうと毎日毎日待ち続けたが、一週間過ぎても隣のおじさんから風船は届けられなかった。

私が、毎日毎日風船の届くのを待っている姿を見るに見かねたのだろう。後で分かったことだが、伯父が隣の息子さんに事情を話して、掛合のおじさんから風船を届けてもらうように頼んだらしい。一週間が過ぎたある日、隣のおじさんから風船が届けられた。玄関先で伯父と隣の息子さんの話す声が部屋の中で遊んでいた私の耳に聞こえてきた。掛合のおじさんは私と風船の約束をしたことなど全く覚えていなかったということだった。お酒に酔ってご機嫌になって私と約束をしたのだが、酔いが醒めたらすっかり忘れてしまっていたのだった。

隣の息子さんの話を襖《ふすま》越しに聞いて何とも言えない寂しい気持ちになってしまった。今まで友達のような親しみを感じていた掛合のおじさんが、遠い所へ行ってしまったような気がした。中野の伯父もお酒好きで、お酒に酔って話したことは、酔いが醒めたら覚えていないということは知っているので、酔いが醒めたら忘れてしまっているということも理解はできた。でも、掛合のおじさんは、隣のおじさんに必ず届けると、おじさんの方から先に指切りしようと言って約束をしたのだから、酔いが醒めた時忘れていたとしても、私のことを思っていてくれるなら、また思い出してきっと届けてくれるだろうと信じていた。そう思っていたので毎日毎日、一週間以上も隣のおじさんが風船を届けてくれるのを待ち続けたのだ。そういう自分の姿がその時はみじめに思えてならなかった。あれだけ待ちに待った風船が届けられても、もううれしいとは思わなかった。そして私が誰かと約束して、もしその約束を守らなかったら、相手の人も今の私のように寂しくて、みじめな気持ちになるだろう。私は約束したことは必ず守らなければいけないと心の中で強く自分に言い聞かせたのだった。

隣のおじさんによって届けられた風船は、お祭りの晩に掛合のおじさんから話を聞いて私が予想していたものとはあまりに違っていた。それは長さ十二、三センチの薄いゴム紐のようなものだった。膨らませると両手で輪を作ったくらいの大きさになるということだったが、膨らませてもそんな大きさになるはずもなく、それをピンポン玉ほどの大きさに膨らませるのも私には並み大抵のことではなかった。ありったけの力で息を吹き込んで、だいぶ大きく膨らんだなと思ったとたんにパンと裂けてしまうのだった。

風船は全部裂けてしまったのか、それとも膨らませるのを諦めて捨ててしまったのか、今は覚えていないが、風船はすぐに私の前から姿を消してしまった。だが、「約束」という深い重みを持った言葉は、一つの教訓として私の心の奥に残っている。あの秋祭りの日以来、掛合のおじさんには再び会うことはなかった。私の中野での生活も終わりに近づいていたからである。

翌年、雪が解け、春の訪れを感じるある晴れた日、私は伯父に連れられて中野村の小学校に行った時のことをぼんやりと覚えている。

人が一列に並んでしか歩けないような細い小道を、野を越え山越え、歩いて歩いてやっと家の立ち並んだ少しにぎやかなところに出て来た。ここからなら小学校ももうすぐだろうと思い、歩き疲れて座りたくなるのを我慢して一生懸命歩き続けた。私には一里以上は歩いたように思われた。やっと小学校の校舎のある所にたどり着いた。

校舎の中に入ると、座って休む間もなく、忙しそうに応対している中年の女の人から名前を聞かれ、前へと押しやられた。それから何をしたのか順番は覚えていないが、椅子に座った中年の女の人が、事務的に「はい、これは?」と言って私の目の前にさっと一枚の色紙を（たぶん赤色だったと思う）を差し出した。とっさに「これは?」と言われても、色紙であることも赤色であることも分かるのだが、何と答えたらいいのか迷っていると、後ろの方で伯父が「何色か言いなはい」と言ってくれた。色紙を持った手を引っ込めようとしていた女の人に、急いで「赤」と答えると、女の人は「これは?」「これは?」と次々に色紙を差し出した。まるでスピードゲームをしているかのように矢継ぎ早に尋ねられて「むらさき!」「みどり!」「きいろ!」と舌をかみそうになりながら必死に答えたことだけは記憶に残っている。

帰りはどのようにして家に帰ったのか全く覚えていない。たぶん疲れ果てて伯父の背中で眠っていたのだろう。気が付くと、家に帰って来ていて伯父が「こまい、こまいもんだったわ（小さい、小さい者だったわ）」と情けなさそうな表情で伯母に話していた。私のことを話しているんだなと思ったが、その後伯父も伯母も私には何も言わなかったので、気にはしなかった。

中野の伯母夫婦は、私をできれば中野村の小学校に通わせたかったのだと思う。それで伯父は、私を小学校入学前の面接試験？に連れて行ったのだが、他の子供達と比べて見て私があまりに小さく見えたのだろう。片道だけでも四キロ以上あると思われる細い山道を、小さい、小さい私が一人で通うのは無理だと判断したのだろうと今、その時のことを振り返ってみる。

その年のいつ頃だったかは覚えていないが、今まで一度も会った記憶のない鳥上《とりかみ》の叔母（父の妹）が、中野にやって来て、お祭りの日でもないのに神社にお参りに行ったことがあった。伯母姉妹は、裏山の坂道を上りながら何やら話していたが、鳥上の叔母は時々私の方をちらちらと見て「姉さんは、ようやあなはったわね（よくやりなさったわ）」と言っているのが聞こえた。鳥上の叔母は、私には一言も話しかけることもなくその日のうちに帰って行った。その後、また今まで会った記憶のない三成の伯母（父の義理の姉）が来て、同じようにお祭りでない日に中野の伯母と三人一緒に神社にお参りした。そして三成の伯母も私とは一言も話すこともなくその日のうちに帰って行ったのだった。こうして私の知らないうちに小学校入学以後の私の生活する場所が決められていたのだなと今、気付かされるのである。

私が母親のように甘えることのできた中野の伯母は、昭和三十二年（一九五七）五月十七日にこの世を去った。私が中学一年生の時だった。その頃三成にいた母が、中野に行って伯母が亡くなるまで傍に付いていて看病したという。

中野の伯父は他の人には厳しい人だったというが、私には、一度も叱ったことのない優しい伯父だった。その伯父は、私が高校二年生の時だった昭和三十六年四月五日に他界した。

私が三成小学校に入学するまで、幼い頃を過ごした中野での生活は、優しかった伯父、伯母への追憶と共に懐かしい思い出となって今も心の中に生き続け、果たし得ぬ私の未来への憧れへとつないでいる。

我がふるさと

目を覚ませば鳥のさえずり
森に入れば小鳥飛び来て肩に止まる
森の精たちと楽しい語らい　過ぎ行く時を忘れる
春はすみれ、たんぽぽ、つくし、ふきのとうとこんにちは
夏は丘の上の木陰でうさぎやりすとたわむれ

秋は裏山に咲くききょう、なでしこ、おみなえしと無言の対話
冬は真っ白な銀世界で犬ぞりを走らせる
自然の豊かなふところに包まれて安らかに生きる
そんなふるさとに私は住みたい

スピードで走り行く車の騒音、せわしく行き交う人混み、満員電車の通勤など、都会の日常生活の喧騒の中で、幼い頃を過ごした中野の山や川、そして動物達のいる豊かな自然は、私の理想郷となって、仕事で疲れた私の心を癒してくれるのだった。

第四章　三成の思い出

三成小学校へ入学

私は、小学校へ入学した時から中学校を卒業するまで、現在の島根県仁多郡《にたぐん》奥出雲町三所《みところ》（当時は、仁多郡三成町大字三所字石原《みなりまちおおあざみところあざいしはら》）にある伯父の家で過ごした。

記憶は定かではないが、初めて三成に行ったのは、小学校入学前だったと思う。その時はまだ祖父（父のお父さん）が生きていた。病身だったようで、背を丸くしてこたつに当たっている祖父にあいさつすると力なく微笑みかけ、小さな声で何か言ったようだったが私には聞こえなかった。私が小学校に入学した頃は、祖父はもういなかった。祖母がいたが、認知症があるようで私を見ると「あんた、だあかいね（誰ですか）」と度々聞いた。一番最初に聞かれた時は、伯父が「富之助の娘だがね。おばあさんの孫ですがね」と説明した。「おお、そげかね（そうかい）。そりゃ、かわいいいね」と笑顔で言った。次に顔を合わせた時も「あんた、だあかいね」と聞かれ、私は「おばあさんの孫ですよ」と答えてすぐ立ち去ろうとした。すると祖母は「あんたにあげえもんがああけん（あげる物があるから）こっちへ来なはい」と言って自分の部屋に入り、手で私に「おいで、おいで」をした。私が部屋に入ると、祖母は座りながら「ここに座あなはい」と言って前に私を座わらせた。祖母は着ている着物のふところに手を入れ、ごそごそと細長い布の袋を取り出した。「わしが、大事にしまっちょったけど、お前さんに上げえわ。だあにも（誰にも）言っちゃあいけんよ」と言いながら袋の中から何かを取り出した。見るとそれは、もう使えなくなった五銭札や一円札など十枚ばかりだった。私が中野にいる頃、伯父がもう紙切れ同然の一銭札や五銭札を私の遊び道具にくれて、ままごとに使ったことがあった。祖母がそれを取り出した時、「私を本当にかわいい孫と思ってくれているんだな」と思いうれしかった。「おばあさん、今、私は使わんけんね。なくなあといけんけん、おばあさんが大事にしまっちょいてごしなさい（しまっておいてください）」と言うと祖母は、「そげかね。ほんなら、わしが大事にしまっちょくけん、欲しいなったらいいなはいよ」と言ってそれを袋に戻し、また着物のふところに納めた。

　祖母は身体もだんだん不自由になってきて、入浴も一人ではできなくなった。伯母は身体が弱かったので、祖母が入浴する時は、伯父が介助したが私はその側で、熱いお湯に水を入れてお湯の温度を調節して洗面器にお湯を入れて祖母の体を洗う伯父を手伝ったりした。祖母は、私が小学校一年生の秋頃亡くなった。

　三成の伯父は、昭和二十年（一九四五）八月の大東亜戦争の終戦までは、韓国で公立学校の校長として勤めていた。韓国のどの辺りに住んでいたかは分からないが、私が持っている当時の伯父の写った写真には、「道山公普校第四回卒業　昭和九年三月」「雪川公立尋常小学校第十六回卒業記念　昭和十五年三月」と印字されており、最前列中央の椅子に腰かけた鼻ひげのいかめしい顔の伯父がいた。〝道山〟とか〝雪川〟という地名は、現在は残っていないと思うが、伯父の話には釜山《プサン》とか蔚山《ウルサン》とかいう地名がよく出てきたので、韓国の南の方に住んでいたのではないかと推測してみたりする。

（註）初版の『我が生い立ちの記』を二〇〇九年四月に書き終え、私が十五年間勤めた韓国外国語大学校日本語大学日本学部の日本文学専攻の教授にこの書を贈った。その当時日本学部長だった金鐘徳教授（東京大学にて『源氏物語』を研究。文学博士学位取得）から早速、感想のお手紙を頂いた。教授は、わざわざ図書館で「道山」と「雪川」の場所を調べて次のように記して下さった。「道山公普校は今の蔚山市で、雪川は今の南海《ナムヘ》市（島）にある小学校です」という説明をして下さったので「道山」と「雪川」の場所を知ることができた。

伯父夫婦には子供がいなかったので、伯父と十歳以上年の離れた一番下の弟を跡取りとしていた。その叔父は学生の頃、伯父夫婦と一緒に韓国に住んでいたことがあったという。

三成小学校に入学する時は、中野からいつ、誰が私を連れて三成に来たのかよく覚えていない。今、考えてみると、中野の伯母が私を連れて松江の街に行った時、バナナが食べたくて伯母にせがんで一本のバナナを半分だけ買ってもらって食べたその日だったのではないかと思う。たぶん中野の伯母が私を三成に連れてきて、私に気付かれないようにその日のうちに帰って行ったのだろうと思う。私が覚えているのは、入学式の日に、松江の従姉妹のお下がりの赤茶色の皮のランドセルを背負い、三成の伯母に連れられて三成小学校の校門をくぐった時のことである。お互いに馴染みがないので並んだまま伯母と手をつなぐこともなく、何となくぎこちなく少し不安な気持ちで校庭を歩いて教室に向かった時のことだけである。

三成小学校は、伯父の家から農家が所々に見える、田んぼや小高い山を挟んだやや広い道路を通って三キロ余り歩いた三成の町の中にあった。それから毎日学校に行く時は、朝、玄関先で「行ってまいります！」と言い、帰って来ると「ただいま！」と大きな声であいさつする私の三成での生活が始まった。

三成の伯父は、中野で自由奔放に過ごしてきた私に、挨拶の仕方から戸の開け閉めまで厳しく躾けをした。夜寝る時は、きちんと座って「おやすみなさい」とあいさつし、寝間着に着替える時は、服を脱いだ順番にきちんとたたんで頭元に重ねて置いた。初め頃は厳しく躾ける伯父が怖かったが、だんだん生活に慣れてくると伯父は躾けのことは何も言わなくなり、優しく対してくれるようになった。

伯父の家は農業を営んでいたが、私が三成に来た頃は、三成の町に材木工場があり、伯父は毎日自転車で通っていた。また良くは分からないが伯父は役場の役員か何かもしていたようで、訪ねて来る人の相談に応じたり色々と人のお世話をしているように見えた。朝は、何時頃出かけるかは分からなかったが、帰って来るのはたいてい午後四時過ぎだったと思う。家の前の道路を町に出る方向にまっすぐ百数十メートルぐらい行ったところに公会堂があった。私が学校から帰って宿題を済ませて庭で遊んでいると、公会堂の前まで続く坂道を伯父が自転車を押して上がって来るのが見えた。時々、近所の同級生の友達が遊びに来て、庭で楽しく遊んでいても、公会堂の前に伯父の姿が見えると「今日は、もうお別れしょうや」と言う私だった。私が遊んでいても伯父は何も言わないけれど、遊んでいては何だか伯父に悪いような気がして家のことをしていないと落ち着かなくなるからだった。

夕方になり、伯母が夕食の支度を始める頃になると、私はお手伝いしようと思い台所に行った。ある日、台所に行くと伯母が玉ねぎの皮をむいていた。私も手伝おうと玉ねぎを一個つかんで皮をむき始めた。そのうちに何だか目がヒリヒリしてきて涙が出てきた。最初は我慢していたが、どうして目が痛くなったのか分からなくてとうとう本当に泣き出してしまった。伯母は驚いたように私を見て、それから笑いながら「玉ねぎの皮をはぐと目が痛くなるもんだよ」と教えてくれた。その時初めて目の痛みは玉ねぎのせいだったんだと分かって安心したのだった。

伯母は、時々台所で民謡などの歌を口ずさんでいたが、それを聞いてとても上手だなと思ったが、「伯母さん、歌が上手だね」などと口に出して言えない自分がもどかしかった。伯母は生菓子(和菓子)を作るのもうまかった。どのようにして作ったのかは見たことはなかったが、お祭りの時などきれいな模様のある手作りの生菓子でお客をもてなした。伯母はきっと韓国で生活していた頃もこうしてお菓子を作って来客をもてなしていたんだなと思った。

ある日の夕方、私が台所に入ると伯母が流しの前に立っていて、私を見ると流しの方を向き、両手に一本ずつ持った箸で、何かをキンコンと叩き始めた。流しの方に近づいて見ると、同じ形のガラスのコップが五個ばかり流しに置いてあり、その中に水が左側から右側へと水の量がだんだん少なくなるように入れてあるのに気が付いた。伯母がそれを箸でたたくとド・レ・ミ・ファ・ソと鉄琴を叩いているような音が出るのだった。私はうれしくなって、伯母から箸を受け取ると学校で音楽の時間に習った歌を叩いてみた。「ドドレレミミレ　ミミソソ(ララ)ソ」(白地に赤く　日の丸染めて…)、「ラ」の音がないのに気付くと伯母は、大急ぎでもう一個同じようなコップを用意してくれた。

「ドドソソララソ　ファファミミレレド」(「お星様ピカリ　ピカピカピカリ…」)と夢中になってコップを叩いた。伯母は側でにこにこしながら調理をしていた。伯母は、ある時は庭で一人で遊んでいる私のところに来て、「これ、おじさんに内緒だよ」と言って、町で買って来た赤いゴム鞠《まり》をそっと手渡してくれたり、またある時は、『小学一年生』という雑誌を買って来たりして、私を喜ばせようと気を使い、努力してくれた。そんな優しい伯母を私はありがたく思ったが、なぜか他人行儀になってしまって中野の伯母に対したように心を開くことができない自分がもどかしかった。その時のことを今、思い出すと、あの優しい伯母に「ありがとう」と言えなかったことが、伯母を寂しくさせてしまって申し訳なく思うのである。

小学一年生の通信簿

小学一年生の一学期が終わった。終業式の後、教室に戻ると、担任の先生から夏休みの過ごし方などいろいろなお話があり、夏休みの宿題の本『夏休みの友』が配られた。それから先生は、「家に帰ったら、すぐお母さんに渡しなさい」と言って一人一人に「通信簿」というものが渡された。私は「お母さんはいないから、伯母さんに渡すんだな」と思いながら通信簿を受け取った。

家に帰り、私の勉強部屋として使っていた三畳の間にカバンを置くとすぐ通信簿を取り出して伯母のところに持って行った。その時居間にいた伯母は、私が通信簿を渡すと、すぐに開いて真剣な顔でそれを見始めた。

しばらくして伯父が居間に入ってきた。伯母は通信簿を伯父に渡しながら失望したような顔つきでこう言った。「もう少しいいと思ったのに…。これじゃ、いけないわ」。伯父は何も言わずに黙って通信簿を受け取った。

伯母の話を聞いた時、私は「通信簿ってそんなに大切なものなんだ」と初めて知り「通信簿の成績が良いことが良い子なんだ」と思った。

私の部屋に入り、伯母の言葉を反芻してみた。伯母は通信簿の成績で私を評価したんだと思うと、言いようのない寂しさが胸の奥に入り込んできた。そして少しずつ伯母に近づこうとしていた私の心が伯母からだんだん遠ざかって行くのを感じたのだった。


夏休みに入って幾日か過ぎたある日、母がひょっこりとやって来た。その頃母は、保健師の資格免許を取るために松江の看護学校に通っていたが、私が夏休みになったので、松江に連れて行くために来たのだった。すぐに夏休みの宿題や、着替えの服などを調え、母について元気よく出発した。

三成駅で汽車に乗り松江へと向かった。ところが、初めは松江へ行くつもりで汽車に乗ったのだが、汽車が木次《きすき》の駅にだんだん近づいて来ると中野の伯母さんの家に行きたくてたまらなくなってきた。中野に行くなら次の駅、木次で降りなくてはならない。私は突然、母に「中野の伯母さんとこに行きたい。中野に行くう」と言い出した。母は、驚いたようだったが、止めもせず「一人で行けえかね」と小さな声で聞いた。今まで木次から中野までは、バスで何度も行き来したことがあるのでよくわかっていた。「うん」とうなずくと母は黙って私の荷物を網棚から下ろして私に渡した。

母は、わずか一か月足らずの夏休みの間だけでも娘と一緒に過ごしたいと思ったであろうに、母の気持ちも分からずに、木次で途中下車して中野に行ってしまった私だった。今、その時の母の気持ちを思うと申し訳なくて胸がつまってくる。「お母さん、ごめんね」とつぶやいて涙ぐんでしまうのだ。

小学一年生の夏休みの時だったかどうかは、はっきり覚えていないが、夏休みが終わりに近づき、三成に帰らなければならない日の前夜、私は、帰りたくなくて伯母の懐で泣いたことがあった。伯母は「小さい時に辛抱しておきゃあ、大きいなったらいいことあああけんね」と言って私を慰めてくれたのだった。

伯父の特訓

小学一年生の二学期が始まり、数日が経った頃の夜、伯父が部屋で勉強していた私を居間から呼んだ。「和美！算数の本を持って来てみい」。

私は、ドキッとした。韓国にいた頃、長い間公立学校の校長をしていた伯父から教科書を持って来いと言われたのだ。一学期の成績が良くなかった私を特訓するんだと思うと、居間に入る前から緊張して胸がドキドキしていた。

その頃、算数の時間は時計の時刻を知る勉強をしていた。教科書の他に教材用として長針と短針が動くようになっている紙で作った丸い小さな時計があった。居間には、鉄瓶を載せてお湯をわかすことのできる金属製の大きな火鉢が置いてあり、その中に金属製の重い火箸が立てかけてあった。伯父はその一本を抜き取って指示棒として使った。

最初は教科書の復習から始まった。今まで教科書で習った○時5分10分15分…30分、45分など5分刻みの時刻はすぐ答えることができた。そのうちにまだ習っていない分刻みの時刻に進み、伯父は私が手に持っていた紙時計を指して「8時23分にしてみい」と言った。

緊張していた私は、その時、頭が真っ白になってしまった。長い針を動かしたり短い針を動かしたり、もたもたしている私を見て、「短い針はどこに置くんだ?」と伯父はだんだんいらいらした口調になってきた。私はますます緊張して目の前まで真っ白になり、どれが短い針でどれが長い針なのかも分からなくなってしまった。そのうちに伯父の持っていた指示棒がスコンと私の頭のてっぺんで音をたてた。痛かった。やっとの思いで針を合わせたように思うが、はっきり理解したわけではなかった。その後、伯父は7時50分のことを8時10分前ともいうとか、お昼の12時を正午というとか説明した後、質問を繰り返し、私はしどろもどろに答えていた。

その時、台所にいた伯母が居間の入り口の襖《ふすま》を開けて「もう、それぐらいにしませんか」と笑みを浮かべて伯父に言った。緊張してしどろもどろに答えている私がかわいそうになったらしい。伯父は「そうだな」と言って私の顔を見て、にっこり笑った。伯父の笑顔を見たとたんに緊張が一度にほぐれ、目の前がぱっと明るくなった。伯父は居間にかかっている柱時計を見て、「今、何時だ？」と優しい声で聞いた。私ははっきりとした声で「8時34分です」と答えた。同時に今まで伯父が私に教えようとしていたことが、全部はっきりと理解できたのだった。

数日後、伯父は同じように居間から「和美！　国語の本を持って来てみい」と言った。伯父の厳しさは私への愛の鞭であることは分かってはいるが、やはり（算数の本を持って行った時ほどではないが）怖くて胸がドキドキしていた。

伯父はしばらく国語の本をぱらぱらっとめくって見ていたが、国語の本の一番後ろにある「新しい漢字」のところを開いて「読んでみい」と言って私に渡した。それを見ると「大　中　小　上　下　左　右……」のように全部漢字だけが記されていて送り仮名はなかった。やはり今まで習った漢字は音読みと訓読みで読むことができた。だんだん読み進んで行くと、そこにはまだ読み方を習っていない「父　母」という漢字があった。私はそこでウッとつまってしまった。訓読みで「お父さん」「お母さん」と読むのは分かるのだが、教科書にはひらがながついていないから困ってしまった。私はあせった。早く読まないとまた伯父の指示棒が頭のてっぺんでスコンと鳴ると痛いのだ。読み方が間違っていることは分かっていたが、私は緊張して悲痛に似た小さな声で「おとう」「おかあ」と「さん」だけを省いて訓読みにした。すると伯父は静かに笑みを浮かべ「それはな、『ちち』『はは』と読むんだ」と優しく教えてくれたのだった。

伯父は、私が学校で今まで習ったところはよく解っていると思ったからかどうかは知らないが、それ以来、教科書を持って来るようにと居間から私を呼ぶことはなかった。

二学期も後半になり十一月中旬頃になると、学校では毎年恒例の学芸会の練習が始まり、私達は授業が終わった後練習に励んだ。小学校卒業まで六回行われた学芸会の中で、一番印象に残っているのはやはり一年生の時である。ひよこが生まれたにわとりのお母さんを、森の動物達がお祝いに来て歌ったり踊ったりするという劇だった。私はにわとりのお母さんで、ひよこの赤ちゃんやお祝いに来た猿や狸の歌や踊りを見て、拍手したりほめたりする役だった。その時のひよこや猿や狸の役をした友の顔を懐かしく思い出す。その時友が歌った歌は今でもはっきりと覚えている。その歌の一つを記しておこう。

【お猿さんが歌ったお祝いの歌】
おさるの顔が赤い　なぜなぜそんなに赤い
にんじん食べて　草の実食べて
そーれで　そんなに赤い
たぬきの顔が黒い　なぜなぜそんなに黒い

茶がまに化けて　煙にそまり
そーれで　そんなに黒い

冬休みが近づいたある夜遅く、ふと目を覚ますと火鉢を囲んで伯父と伯母が、何かひそひそ話しているのに気が付いた。遅くまで起きているんだなと思いながらまたすぐ寝入ってしまった。ある朝、目を覚ますと頭元に真っ赤なゴムの雨靴と新しいノートが置いてあった。何日か前に担任の先生から12月25日はクリスマスと言ってイエスキリストの誕生を祝う日で、その前の日は、クリスマス・イブでサンタクロースのおじいさんが煙突から入って来ていい子にはクリスマスのプレゼントを持って来るというお話を聞いていた。私は「伯父さんと伯母さんがサンタクロースになってプレゼントをくれたんだ。昨日の夜遅く、伯父さんと伯母さんがひそひそと話していたのは、クリスマスプレゼントの話だったのかもしれない」と思った。着替えをし、布団をたたんでいるところへ伯父が部屋に入って来た。「おはようございます」とあいさつすると「サンタクロースさんがお土産持って来たな」と笑顔で言った。私は「はい」とだけ答えて顔を洗いに外に出た。普段は厳格で怖いと思っていた伯父だったが、こんな優しい面もあるんだなとその時思った。

農繁期

伯父は、私が二年生になった頃には町の材木工場を閉じて家で農業を営む生活が多くなっていた。納屋の牛小屋で牛を飼い、鶏も五、六羽放し飼いにしていた。

五月に入り田植えの時期になると、田んぼに水が引かれ苗代《なわしろ》が作られた。伯父は苗代の水を含んだ土を鍬《くわ》ですくい上げ、田んぼの畦《あぜ》に置きそれを塗って新しい畦を作った。その後私は、土が軟らかいうちに大豆の入った小さな腰籠《こしかご》を着けて畦に大豆を蒔く仕事をした。伯父から教わったように、畦の土に十数センチ間隔くらいに親指を押して大豆が二つ、三つ入るぐらいの穴を開け大豆を蒔いた。私は数日後に畦に蒔いた大豆の芽が土の上に顔を出しているのを見るのが楽しみだった。

田植えの時期になると、学校の休みの日は、私も働きに来てくれた小母さん達と一緒に田植えを手伝った。植え方は伯父に習っていたが、小母さん達の植える速さに合わせるのはなかなか大変だった。私が遅れると、隣で植えていた小母さんが私の植える分まで手伝ってくれた。腰が痛くなったりしたが、小母さん達が歌を歌ったり、楽しく話しながら植えたので、私も楽しかった。

伯母は家にいて休憩時間になると、お茶の入った大きなやかんを提げ、おやつに作ったお饅頭や煮物などを運んで来てくれた。あんこの入ったお饅頭は、甘くてとてもおいしかった。

春の農繁期が終わった頃だったと思う。伯父夫婦が韓国に住んでいた頃、一緒に生活したという伯父の一番下の弟であり、養子縁組により伯父夫婦の息子になった壮吾《そうご》叔父が、三成の伯母に、東京見物に来るようにと招待したらしい。その頃壮吾叔父は、結婚して東京で働いていた。伯母は東京に行き、四、五日三成の家にいなかった。私は、伯母が東京に行くという話を聞いていなかったので、知らずにいた。伯母が東京に出発した日、学校から帰って伯父から聞いた。伯父は伯母が東京から帰って来る日も私に話したらしいが、私には東京へ行くことも一言も言わずに行ってしまった伯母だったからだろうか、伯母が帰って来る日を別に気に留めなかったので覚えていなかった。

そんなある日の午後、学校の帰り道で「家《うち》で遊んで帰らん？」と友達に誘われ、うれしくなって寄り道をして遊んでしまった。いつも家に帰る時間よりだいぶ遅くなって家に帰ると、帰りの遅い私を心配して、庭先に立って待っていた伯父が「今日は伯母さんが東京から帰って来る日だったに、何でこげん遅う帰って来る！」と言って私を叱った。「伯母さんが帰って来る日が、今日だとは知らなかったのです」と言いたい気持ちだったが黙って、伯父の後について家に入った。その後どうしたかはよく覚えていない。台所で夕食の支度をしている伯母のところへ行って「お帰りなさい」と言ったような気もするし、言わなかったような気もするし、東京から帰って来た日の伯母の印象が残っていないので分からない。

伯母は東京から帰って来た日に、私が家にいて伯母の帰りを心待ちにして待っていなかったことがきっと寂しかっただろうと思う。その日の夜だったか、次の日だったかよく覚えていないが、大きさ大小のきれいな千代紙と最中のお菓子を一つ、伯母が持って来て「あんまりおみやげないけどこれ」と言って私に手渡してすぐ部屋を出て行ったことを覚えている。

伯父の盆踊り

八月のお盆が近くなると、仏様をお迎えするために客間の仏前や床の間の近くに淡い藍色や薄紫色の和紙に涼しげな景色を描いた、いくつもの盆提灯が置かれた。お墓の掃除をして、墓前に盆花をお供えした。お墓は、家の前に広がる田んぼを隔てた山の丘にあった。伯父がお墓の掃除をし、私は山の裏に行って山の斜面に咲いているおみなえしや桔梗《ききょう》、なでしこ、ふじばかまなどの秋の七草の花を摘んで墓前に供えた。公会堂前の坂道の土手と家の近くの道路の土手に石彫りのお地蔵様が祭られていたが、伯父がそこにも花を供えるようにと言ったので、お地蔵様の周りを掃除して盆花をお供えした。

お盆のある日、伯父は障子をいっぱいに開けた客間の縁側に伯母と私を誘った。浴衣《ゆかた》を着て、下駄をはき、うちわを持った伯父が庭に立っていた。伯父は笑顔で二人を縁側に座らせ、盆踊りの話をしてから「見ておれよ」と言って「サノヤンハトナイ　ヤンハトナアイ」と言いながら踊り出したのだ。伯母も私も笑顔でそれを見ていた。伯父の盆踊りを見ながら私は「伯父さんは、伯母さんと私を楽しませようと思って踊っているんだな。優しい伯父さんなんだな」と思っていた。

伯母との別れ

小学四年生の新学期が始まった頃だったと思う。体の弱かった伯母は、肝臓の病気が悪化して寝込んでしまった。時々町の病院の女医さんが往診に来るようになった。客間に布団が敷かれ、その上で伯母は苦しそうに横たわっていた。

私は、病気の伯母の側に行って見舞ってあげていいものかどうか分からず、客間の入り口の廊下を行ったり来たりしていると、部屋の中にいた伯父が「入って来い」と言った。部屋に入って伯母の側に座った。私が「どげなかね〈具合は〉どうですか）」とたずねると伯母は「痛しいていけんわ」と苦しそうに答えた。私は何と言って上げたらいいのか分からず黙って座っていると、伯父が「もういいけん出なはい」と言った。

それから数日経って、伯母を見舞おうと思い部屋の前まで来た時、伯母が苦痛の中で「壮吾ー、壮吾ー」と東京の叔父を呼ぶ声が聞こえてきた。私は、今、部屋に入ってはいけないと感じて私の部屋に引き返した。しばらくして、伯父が私の所に来て、何かを書いた小さく折った紙を差し出し「郵便局へ行って、電報お願いしますと言ってこの紙を郵便局の人に渡してくれ。ちょっと待っちょうと、なんぼ（いくら）かかったか教えてくれえけんな。このお金で払ってな」と言って封筒に入れたお金を手渡した。私は、小さな紙片と封筒をしっかり握り締めて三キロぐらい離れた町の郵便局へ向かって、小走りでただひたすら走り続けた。

郵便局にはおじさんが一人仕事をしていた。私が息を切らしながら「電報お願いします」と言うと、おじさんはすぐに紙片を受け取り「すぐ打ちますけん、ここで待っちょってね」と優しく言ってくれた。郵便局のおじさんは、壁際に置いてある机の上の電信機に向かって座り、ツツウ、ツウ、トン、ツウ、トンと電報を打ち始めた。打電はすぐ終わり、おじさんが電文を私に見せた。電報用紙には、「キミノ　キトク　スグカエレ」と打たれてあった。来る時は、早く郵便局に行かなければと無我夢中で走ったので、紙片に何と書いてあるかなど考える暇もなかった。郵便局のおじさんに電報を見せられて初めて電文を知った。電報の代金を支払い帰りの道を急ぎながら、「伯母さんはもうすぐ死ぬのかもしれない。病気で苦しんで死ぬなんて伯母さん、かわいそうだな」と思った。

次の日の朝、町の女医さんが来た。伯父と私は、伯母をじっと見守っていた。伯母の呼吸がだんだん弱くなって行った。女医さんが細い注射の針を伯母の左胸の真ん中辺りに刺した。

伯母は微かに顔をしかめた。しばらく伯母の腕の脈をとっていた女医さんが伯母の臨終を告げた。女医さんが帰り、私は居たたまれなくなって部屋を出た。振り返ると伯父は伯母の胸元でうなだれて泣いていた。

「東京の叔父さんは、間に合わなかったなあ」と思いながら庭を行ったり来たりしていると、叔父が道路から門の入り口を駆け上がって来た。叔父は私を見るなり泣きそうな顔で「死んだ？」と私に聞いた。私は答えることができず黙っていた。叔父は察したように急いで玄関から中に入って行った。

お通夜の日、近所のおばさん達は「和美さん、伯母さんが亡くなあなさって、ほんにいけんだったねえ。かわいそうにねえ」と涙を流して私を慰めてくれた。私は伯母さんが亡くなって暗い気持ちになっていたが、「私はなぜ涙が出ないんだろう」と心の内で自分に問いかけていた。

伯母が亡くなり、伯父と二人の生活が始まった。伯父は朝食を作って私に食べさせ、お弁当にご飯を詰めて私に渡してくれた。私はそれに食卓の上に出ているおかずを入れてお弁当を作り学校に通った。いつ頃から私の日課になったのかはよく覚えていないが、学校が終わって家に帰るとすぐ普段着に着替え、牛の食べる秣《まぐさ》を刈りに田んぼの土手に出かけて行った。鎌と草を束ねるわら束と草を背負って帰る縄を持って、前日に草を刈り残した田んぼの土手に行った。そこで私が背負って帰れるくらいの草を刈った。だいたい両手で三握りくらいの大きさの草の束を五、六把作ると家まで背負って帰ることができた。家を出るのが遅くなると、夕方薄暗くなることもあったが、自然の中で守られているような気がして焦る気持ちもなく、いつも淡々として私の日課を果たした。道路の近くにある田んぼの土手で草を刈っていると時々道を通りかかる近所のおばさんが「和美さん、よう世話あやかっしゃあねえ（よく世話をやきますねえ）」とか「まあまあ、和美さん、偉いねえ。まむしが出えかもしれんけん、気い付けなはいよ」などと声をかけて励ましてくれた。

たぶん夏休みの期間だったと思う。その頃高校生だった鳥上の従姉が、しばらくの間伯父の手伝いに来ていたが、すぐいなくなっていた。

秋の稲刈りの時期になると、私は刈り残された田んぼの稲刈りをしたり、田んぼの中に伯父が組み立てたやぐらに稲の束を干すのを手伝ったりした。

枕元の缶入り粉ミルク

小学四年生の十一月に入った頃だった。毎年楽しみにしている学芸会の練習がもうすぐ始まろうとしていた。朝いつもの時間に目が覚めて起き上がろうとすると、頭がガンガンと痛く、のどが渇いてどうしようもないので寝間着のままで台所へ水を飲みに行った。コップに水を汲んで飲もうとしているところへ伯父が外から帰って来た。「どげした？」。「頭が痛あてのどが渇いて…」。伯父はびっくりして「ばか！水なんか飲むな。今、湯沸かしちゃあけん、寝て待っちょれ」と言った。寝床に入るとすぐ伯父が体温計を持って来た。熱を測ると39度2分あった。あまりの高熱に伯父は驚いた様子で「学校へ連絡しちょくけん、今日は休め」と言って部屋を出て行った。しばらくして伯父が「熱があって食べたあなあても食べにゃあいけんぞ」と言って、茶碗に梅干しの入ったおかゆと皿に入れた半熟の卵をお膳に載せて持って来た。私は、全然食べたくなかったが、食べなくては元気にならないと思い無理やりに飲み込んだ。飲み込んだものは、消化する力がないのでトイレに行った時、全部もどしてしまった。

高熱にうなされながら眠り、はっと気がつくと、寝床の傍に母が座っていた。その頃母は、奥出雲の鳥上の診療所で保健師と助産看護師をしていたが、熱を出して寝込んだ私のことを心配して伯父が知らせたのだろう。母は、手に大きな注射器を持っていた。私が目を覚ましたのを見て「お尻にこの注射をすーと熱が下がーけんね。お尻出して」と優しく静かに言った。注射は痛くもなくてすぐ終わった。その後私はまたすぐ眠ってしまった。

私が目を覚ましたのは、陽が傾きかけた頃だった。傍にはもう母の姿はなく部屋の中は静まり返っていた。熱が下がったのか、お腹がすいてきた。起き上がってひょっと枕元の方を見ると、そこには丸い缶入りの粉ミルクが置いてあった。母がそっと置いて行ったんだなと思った。

粉ミルクはお湯に溶かして飲むものだと知っていたが、すぐお湯を沸かすこともできないしどうしようかと思いながらミルクの缶の蓋を開けてみた。中には小さいアルミのスプーンが入っていた。私はそのスプーンで粉ミルクをすくい上げてそのまま口の中に入れた。粉ミルクは舌の上で溶けて甘い濃いミルクになった。あまりにおいしかったので、スプーンに山盛りにした粉ミルクを立て続けに三、四杯そのまま食べてしまったのだった。

熱が下がったので、もうすぐ学校に行けると思っていたが、数日経っても微熱が続き、一か月以上も学校を欠席してしまった。その間、四年生のクラスの担任の先生や、友達がお見舞いに来てくれた。担任の女の先生は、私を見るなり驚いたような表情で「まあ、和美ちゃん！　やせてしまって…」と言った。私は内心「私が先生だったら、生徒のお見舞いに来てそんなふうには言わないいなあ」と思っていた。クラスの友達がお見舞いに来た時は、私を元気付けようと面白い話をしたりして私を笑わせてくれた。そういう優しい友達の心遣いがうれしかった。そんな友達に病気が治ってからも何のお礼も出来なかったことが、今思うと申し訳なく心残りである。

その後、平熱に戻ったが起き上がると身体がふらついてなかなか元気を回復しないので、病気になって一か月が過ぎた頃、母が来て私を松江の日赤病院（日本赤十字病院）に連れて行った。色々な検査をした結果、診察した医師は「どこも悪くはないですよ。もう学校に行っても大丈夫だよ。もう少し栄養を取ってね」と言った。身体がふらつくのは栄養が足りなかったせいのようだった。高熱が出たのはその時期に流行っていたインフルエンザに罹ったからであろう。

山羊の乳しぼり

伯父は私が五年生になった頃には、家の牛舎で飼っていた牛を、他の農家の飼ってくれる人に預け、代わりに乳離れしたばかりの雌山羊の子を一匹連れてきた。子山羊は昼間は、田んぼの土手に杭《くい》を打って紐でつながれ、食べられる範囲の草をきれいに食べ尽くした。私が学校から早く帰った時は、草のあるところに移動し、もう一度杭を打ちなおして草を食べさせた。夕方薄暗くなった頃、家に山羊を連れて帰るのが私の日課となった。冬になり、土手の草が枯れてなくなると、伯父の示す近くの山に行って、草刈りをした時と同じように笹を刈った。山道を通りかかる人は誰もおらず、いつも辺りはシーンと静まり返っていたが心は落ち着いていて寂しいと思ったことはなかった。笹を背負って家に帰り、子山羊に笹葉を差し出すと頬を膨らませておいしそうに食べた。

雌山羊はすぐに成長し思春期を迎えると、伯父は雄山羊のいる農家に家の雌山羊を連れて行って帰って来た。やがて雌山羊は二匹の子山羊を産んだ。子山羊は母山羊のお腹に大きく膨らんでぶら下がっている乳房に顔を埋めて盛んにお乳を飲んでいた。子山羊はお母さん山羊のお乳を一杯飲んでどんどん成長した。一匹は頭のてっぺんに角が生え始め、もう一匹は角が生えなかった。お母さん山羊には角がないから、角がない方が雌で、角がある方が雄なんだなと思った。

ある日、学校から帰って山羊小屋に行ってみると、二匹の子山羊の姿がなかった。母山羊は小屋の仕切りの間から首を出して「メーヘヘ、メーヘヘ」と鳴いて子山羊を探している様子だった。子山羊はそろそろ乳離れする頃になったので伯父がどこかに連れて行ったのだろうと思った。

次の日から山羊の乳しぼりが始まった。私は伯父が板を組み合わせて作った山羊が一匹ちょうど入るくらいの大きさの囲いの中に山羊を入れ、乳房の下に搾った乳を入れる小さなバケツを置いた。

そして山羊が後ろ足をバケツに突っ込まないように後ろ足の前に横からつるされた板で覆いを作った。

山羊は乳を搾り始めると、始めの頃はおとなしくしているが、急に暴れ出してせっかく溜まりかけたバケツの乳をひっくり返してしまい、泣きたい気持ちになったこともたびたびあった。搾った乳を伯父に渡すと、それを七輪の上で一度沸騰させてから冷まして三合瓶に入れた。それを手で持てるように上手に小風呂敷に包んで私に渡した。私はそれを朝、学校に行く時に町まで持って出て、途中で山羊乳を頼んだ人の家に届けた。玄関を入って「おはようございます。山羊乳持って来ました。今日は沸かしてあります」と言って上り口の板敷きに置いた後学校へ向かった。学校の帰りには、朝、山羊乳を届けた家に寄って玄関の板敷きに出してある空の瓶を受け取って家に帰った。

伯父が朝、忙しくて搾った乳を沸かさないでそのまま持って行った時は、「今日は沸かして飲んでください」と伝えて山羊乳の入った瓶を渡した。どのくらいの期間、山羊乳を配達したかはよく覚えていないが、二、三か月は続いたと思う。月末に、配達した山羊乳の代金を受け取って帰り、伯父に渡すと「これは和美のお小遣いに、やーけん、貯金しちょいて好きなもんを買え」と言って代金の全部を私に差し出した。私は、内心驚いて「全部私がもらっていいのかな」と思いながら伯父の顔をじっと見た。「よう手伝ってくれたけんな。褒美にやーよ」と伯父は言った。私は、うれしくなって笑顔で「はい」と答えて代金を受け取った。

私は、ご褒美にもらった山羊乳の代金を貯金箱に入れ、大切に保管しておいて学校で使う文房具や、にわか雨に備えて携帯用のビニールの雨合羽などを買った。

先生の家庭訪問

小学六年生の修学旅行は、宮島、広島、岡山だったがその時のことは、宮島の真っ赤なもみじの葉がきれいだったこと、朱色の鳥居の前で記念撮影をしたこと、岡山の池田牧場で椅子に座った池田厚子様を真ん中にして写真を撮ったことぐらいしか記憶に残っていない。担任の先生は五年生の時から持ち上がりの男の先生だったが、生徒一人一人のことをよく観て指導してくれる思いやりのある優しい先生だった。先生は私には何も言わなかったが、私が伯父と二人で暮らしていることを知っていて、私が寂しそうに見えるらしく、いつも気にかけていて伯父とよく連絡が取れているようだった。

先生は、作文の時間に日常生活について書いた作文が、他の生徒の作文とは違うことにも心を留め、私の書いた作文を作文コンクールに出したりした。一度、ラジオの放送番組で私の書いた作文が放送され、教室に取り付けられたスピーカーでそれを聞いたことがあった。放送は「ふるさとからの便り」という形式に短縮され、入選した他の学校の生徒達の作文もいっしょに放送されたので、どこからどこまでが、私の書いた作文なのかよく分からないまますぐ終わってしまった。私の作文だとはっきり分かったのは、「おじさんは、まだ青い実り始めたばかりの稲の穂を一粒取って噛んでみて、『うん、いい実だ。今年は豊作になるぞ。』と嬉しそうに言いました」というところだけだった。

小学校では毎年、各学年毎にクラス担任の先生の家庭訪問が行われた。先生は私の住んでいる地区の家庭訪問に回る日、授業が終わった後「今日は、和美さんの家に行く日だね。先に一軒回るけどすぐ終わるから一緒に行こうや」と声をかけてくれた。うれしかった。

校庭で待っていると先生が自転車を引いて出て来た。先生は自転車を引いたまま町の中を私と並んで歩きながらいろいろ話しかけてくれた。私がいつも学校に通う道とは反対の方向に進んで行き、町はずれにさしかかると先生は「後ろに乗うなさい」と言って私のかばんを受け取って前の荷かごに入れた。私は後ろの荷台の上にまたがって乗ると先生は自転車に乗って漕ぎ始めた。先生はまだ三十代くらいの若い先生だったが、私は後ろの荷台で自転車をこぐ先生の後ろ姿を見ながら、何だかお父さんの自転車に乗せてもらっているような温もりを感じていた。

先生が家庭訪問をする一軒目の家は、田んぼの間の細道を入った所にあった。私が道路の端に立って待っていると、先生はすぐに出て来た。それから、坂道やでこぼこ道は自転車を降りて歩き、なだらかな道になると自転車に乗って、いつも帰る道とは反対の方向から私の家にたどり着いた。先生は、応接間に上がり、伯父としばらく話をして帰って行った。小学六年生の時の担任の先生の思い出は、思いやりの深い優しい先生として、また父を知らない私にとっては、お父さんのようなイメージとして私の心に刻まれている。

中学時代の思い出

私が中学一年生になった頃、鳥上の診療所で働いていた母は、仕事を辞めて三成の伯父の家に住むようになっていた。その頃母は、三成町の民生委員をしていたし、家にいる時は野良仕事をしていたので、食事の時以外はほとんど顔を合わせることはなかった。その頃の母との思い出と言えば、家のすぐ近くにある裏山や、家の前の道路を上って二キロぐらい離れたところにある小高い山に竹の子や、きのこ採りに行ったことである。竹の子取りは、大きな麻袋（確か斗米袋《とまいぶくろ》と呼んでいたようだが）と小さな鎌を持って山の竹やぶに行き、主に二、三十センチくらいに伸びた竹の子を探して取った。竹の子が見つかると鎌で根っこのところの土を掘り、生え際からえぐり取った。竹の子は太さの太いのや細いのがあったが、七、八本くらい集まるとそれを麻袋に入れ、たいてい母がそれを背負って家に帰った。秋のきのこ採りでは、主に紅茸、平茸、ねずみ茸、なめ茸などが採れた。

山で採って来たばかりの新鮮な茸を煮物にしたり、汁物に入れたりして母が作ってくれた料理は、とってもおいしくて今もその味が忘れられない。

中学生になった頃には、家で山羊も飼わなくなり、母もいるので農繁期以外は家に帰ってからする仕事は少なくなった。時間に余裕ができた私は、放課後も学校に残ってクラスの友達と遊んだり、帰りに友達の家に寄って遊んだりした。

親しく遊んだクラスの友達は、とても明るく、ひょうきんな友もいて先生のあだ名を付けたり、真似をしたりしては、みんな転げまわるほどよく笑ったものだった。ちょうど箸が転んでもおかしい年頃だというが、学校の廊下で先生とすれ違っただけでもなんだかおかしくなってしまうのだった。

ある日の放課後、校舎の庭の坂を少し下りたところに作られた運動場で友達と遊んでいて、何がおかしかったのかは知らないがみんなお腹をかかえて笑っていた。その時、校舎の玄関を出て来た国語の先生が、私達が大笑いしているのを見て、笑いを誘われたらしく先生も笑いながら私達のいる右下の方を見ながら歩を進めていた。校舎の庭には、まだ丈の低い何本かの若木が植えられていた。笑っている私達の方に気を取られて横を向いたまま歩いていた先生が、急にスパッと庭の端の方に植えられた庭木にぶち当たってよろめいたのだ。それを見ていた私達は、笑いがさらに笑いを呼んで校庭を転げ回って大笑いしたのだった。

親しい友達は、三成の町から三キロも離れた私の家にも遊びに来てくれたことがあった。友達が遊びにきてくれることは、とても嬉しかったが突然友達を連れてきて、母が友達に出すおやつがなくて困るだろうなと心の片隅で心配している私がいて、心の底から楽しい気分にはなれなかった。

島根県知事の色紙『高遠』

中学三年生の一学期が終わりに近づいた頃だった。担任の先生から私に放課後、職員室に来るようにという知らせがあった。一体何だろうとちょっと不安な面持ちで職員室に入ると、担任の先生から「今から三成の役場に行きなさい。安部さんは表彰されるそうだよ」と言われ、表彰されるようなことをした覚えがないので「ひょうしょう?」と言って、私がきょとんとしていると「いい事をした時に褒めてもらうことだよ」と先生は私が表彰の意味が分からないと思い言葉の説明をした。中学三年生にもなって「表彰」の意味が分からないはずがないのだが。

私はまだ納得がいかず「私、何にもいい事なんかしていませんけど…」。先生もそれ以上説明に困ったらしく「とにかく帰る支度をして、すぐ役場に行きなさい。表彰式が終わったら、まっすぐ家に帰っていいよ」と私を促した。

役場に着くと、二階の会議室に案内された。会議室の入り口の所に千原英一仁多町長が立っていて表彰を受けに来る人を待っている様子だった。案内の人が町長に私の名前を告げると、町長は「おう、安部君か。どうぞこっちの椅子に座って…」と空いている椅子の方に案内してくれた。そこには数人の男子生徒やお母さん方が神妙な表情で椅子に腰掛けていた。

表彰式が始まり仁多町長からお話があったが、どんなお話であったか覚えていない。表彰状を受け取る時も、私としては、毎日当たり前のことをしているだけで特に善い行いをしているとは思っていないので、どうして私がここに立っているのか不思議な気持ちだった。表彰式の後、会議室で記念撮影をした。私の中学時代のアルバムに貼られたその時の写真をみると、後ろの黒板に【善行児童及び母の表彰記念　昭和三四．七．一六】と記されている。

表彰式で表彰状と共に頂いた記念品は、当時の島根県知事、田部長右衛門氏直筆の色紙だった。それはのしの付いた紙袋に入っていたので、何と書いてあるのかすぐには分からなかった。記念撮影も終わったので帰ろうと思い、会議室を出ようとした時、千原町長が私を呼び止めて「田部県知事さんの色紙に何と書いてあった？」と尋ねた。私もまだ袋を開けて見ていなかったので、その場ですぐ開けた。色紙には毛筆の達筆で次のように書してあった。

高　遠

為安部和美君

昭和三十四年二月

島根県知事　田部長右衛門

「高遠」。高く遠い。私は、胸がジーンと熱くなった。私にふさわしい言葉を書いて下さったと思ったからだった。

「これから私の行く道は、高くて遠いんだ。これから始まるんだ。これから頑張らなくては」と心の中で自分に言い聞かせた。千原町長も「安部君に合ったいい言葉をもらったね。頑張ってね」と励ましてくれたのだった。その時私は、はっと気が付いた。「私は褒められたのではなく、励ましてもらったのだ」と。

表彰状には、どんなことが記されていたのか、よく覚えていなかったが、母が卒業証書と共に丸い筒に入れて大切にしまっておいてくれたので、今それを取り出してみた。それにはやはり達筆の毛筆で次のように書かれていた。

表　彰　状

仁多町立三成中学校三年Ａ組

安　部　和　美　殿

あなたは勤勉力行学業成績抜群であり又自主的精神に富み責任を重んじよく級友を善導し家庭に於いてはよく父母につかえ家事の手伝いに精出すなど他の模範であります

よって昭和三十四年度児童福祉週間にあたり記念品を贈り表彰します
昭和三十四年五月五日

仁多町長　千原英一

表彰式のあった日、家に帰って表彰状と田部県知事からの色紙を母に見せると、それをじっと見て涙ぐんでいた。

伯父は大変な喜びようで、次の日だったたか、どこにあったのか今まで見たこともなかったカメラを持ち出してきて記念写真を撮ろうと言った。庭の入り口の門の前で表彰状と色紙を持って立っている私の写真を何枚も撮った。伯父は色紙を入れる額縁を買ってくるようにと、いくらかお金を私に渡した。私は町の文房具屋さんで、色紙がちょうど入りそうな四角い黒い縁の額縁を買って帰った。伯父はそれを見て、「そりゃ、この色紙を入れーにゃーあんまー安っぽいがな。もっといいのを買って来い」と言った。次の日に、今度は丸い茶色の縁で、ベージュ色に金粉を散りばめたような台紙に紫色の総《ふさ》の付いた立派な額縁に取り替えてもらって家に持って帰った。「うん。いいぞ」。伯父は満足そうだった。母は「ちょっと大き過ぎーわ」と笑い声で言っていた。

三刀屋高校時代

昭和三十五年（一九六〇）三月、三成中学校を卒業した私は、出雲の木次町で開業医をしている叔父の要望で四月から三刀屋高校に通うことになった。今までとは全く違う環境での生活に不安や戸惑いもあったが、母の妹の叔母が優しく接してくれたので、安心して過ごすことができた。また、学校の授業で試験がない時や、試験が終わった時は、週末に三成に帰って過ごすこともあった。

高校入学当初は、クラスメートに一人も馴染みがなくて一人ぼっちだったが、入学して一か月くらい経った頃、同じクラスに松江高校から転校してきた一人の女子高生に出会った。初めて会った時からお互いに親しみを感じてか、どちらともなく近づいて親しくなった。彼女はお父さんの転勤のため三刀屋高校に転校したが、彼女の住む公社も、木次の町にあって私の住んでいる叔母の家から徒歩で十五分くらいの所にあった。私は彼女の家によく遊びに行くようになった。彼女には中学生の妹が一人いて両親と四人家族だった。私が行くといつも彼女のお母さんが温かく迎えてくれた。同じ友達のように一緒になって話したり、笑ったりして私を楽しませてくれた。その時に感じた彼女の家庭の温もりは今でも忘れることができない。

彼女は三刀屋高校に一年間だけいて、お父さんの転勤で、また松江に帰って行った。

高校二年生になると、クラスは進学組と就職組に分けられ、進学組は完全に受験体制の授業が続くようになった。週末に時々帰っていた三成にも時間に余裕がなく勉強だけで精一杯の私には帰りたくてもあまり帰れなくなってしまった。それでも試験が終わった後など、急に帰りたくなって三成に帰ると、伯父が喜んで迎えてくれた。

その頃母は、木次の叔父の病院で看護師として働いていた。二人の兄は東京の大学に入学し学資を作るためにも働かなければならなかったのである。

聖書との出会い

私が聖書と出会ったのは高校二年の四月頃だったと思う。学校に着いて一時間目が始まる前だった。その日は全員が講堂に集まる朝会のない日だったが、スピーカーから「ただ今から全校生は講堂に集合してください」という放送が流れた。みんな「何があるんだろう」とそわそわした気分で講堂に集まった。私も放送を聞いてすぐ講堂に向かったが、講堂に着いたらもう全校生でいっぱいになっていて一番後ろの方になり、一番前に立っている人の姿が見えなかった。一番前の右端の方に、英語の先生が通訳に立って「国際ギデオン協会の○○牧師さんです」と紹介し牧師さんのお話をしばらく通訳し「皆さんに是非、新約聖書を読んで欲しいとのことで、これから全員に聖書を配りますから、皆さん各列に並んで人数を伝えて下さい」とのことだった。全員が『新約聖書』を一冊ずつ受け取って、それぞれ教室へ帰って行った。私は青い表紙の『新約聖書』を頂いた。

『聖書』の話を初めて聞いたのは、三成中学校の三年生の時だった。英語の授業時間に英語の先生が、「英語の勉強をするには聖書を読むのが一番いい。英語に日本語訳が付いているし、皆が大人になってこれからの人生を生きるためにも良い勉強になる」というような話だった。その時私は『聖書』を読んでみたいという気持ちにはなったが、三成のような田舎町に『聖書』の本など売っている所はないだろうし、あっても値段が高くてとても買えないと思いあきらめてしまっていた。

今回、高校二年生でギデオン協会から『新約聖書』を頂くことができた。その本を大切にかばんに入れて、家に持って帰り机の上に置いた。少し落ち着いてから机に向かい、聖書を開いてみた。最初にぱっと目に入って来たのが、「マタイによる福音書　第五章3～10節」の「山上の垂訓」だった。

こころの貧しい人たちは、さいわいである、
　天国は彼らのものである。
悲しんでいる人たちは、さいわいである、
　彼らは慰められるであろう。
柔和な人たちは、さいわいである、
　彼らは地を受けつぐであろう。

義に飢えかわいている人たちは、さいわいである。
　彼らは飽き足りるようになるであろう。
あわれみ深い人たちは、さいわいである。
　彼らはあわれみを受けるであろう。
心の清い人たちは、さいわいである。
　彼らは神を見るであろう。
平和をつくり出す人たちは、さいわいである。
　彼らは神の子と呼ばれるであろう。
義のために迫害されてきた人たちは、さいわいである。
　天国は彼らのものである。

この聖句を読み、私は大学に入学したら、キリスト教についてもっと学びたいので、教会に行ってみようと思い始めたのだった。

伯父の作った卵どんぶり

高校三年生になるといよいよ受験勉強も本番を迎え、補習授業があったりして三成に帰ることがますます少なくなっていた。

高校三年生の四月初め頃だったと思う。大学受験生は一時も惜しんで机に向かっている頃だった。週末になって、私は急に三成に帰りたくなった。木次の叔父の病院で働いていた母に、三成に行って来ることを告げ、土曜日の午後、電車で三成に帰った。

伯父は、帰って来るとは思っていなかったのに帰って来た私を見ると「おお、帰って来てくれたか！」と大喜びだった。伯父はこたつのある部屋に台所から七輪を運んで来て「夕飯に卵どんぶり作ってやーけんな」と言ってせっせと支度を始めた。そんな伯父の姿を見ながら「久しぶりに帰って来たのがそんなにうれしかったんだな。帰って来てよかった」と思ったのだった。伯父が愛情を込めて作った甘辛い醤油味の卵どんぶりは、私が小学生の頃一度食べたことがあった。その時の懐かしい味がしてとてもおいしかった。

三成に帰ると、月曜日の朝はいつもまだ薄暗いうちに起きて、高校の授業に間に合うように三成駅から早朝の電車に乗って行く。家から駅までは、一人で近道の山の細道を通り抜けて駅に向かう。いつもなら庭先か、家の前の道路で私を見送る伯父が、何故かその日は私の後からずっとついて来るので、不思議に思って振り返ると「山道は危ないけん、駅の近くまで送ってやーよ」と言った。私は「すまないな」と思いながら話しかける話題もないので黙って先に立って歩いて行った。

曲がりくねった山の坂道を上ったり下ったりして、林の間の暗い道を通り過ぎると視界が開け、人家が一軒見えてきた。そこから駅はもうすぐだった。なだらかな小道にさしかかった時、私は、道の真ん中にあったくぼみの水溜まりに、突然ビシャンと片足を突っ込んでしまった。伯父は「もう明るうなっちょうに、なしてだ（もう明るくなってるのに、どうしてだ）。前をよう見て歩かにゃあ…」と優しい声で私をとがめた。私は前をよく見て歩いていたつもりだし、昨夜、雨は降らなかったと思うのに、どうして水溜まりなんかあるのだろうと不思議に思った。

幸い水溜まりはあまり深くなかったので、靴の外側が濡れた程度で水は中まで入っていなかった。伯父はその様子を確かめると「わしは、ここで帰えけんな。気いつけてな」と言うと、今来た道を急いで引き返して行った。私は駅の方に向かって歩きながら一度振り返って見たが、曲がりくねった山道には、伯父の姿は見えなかった。

木次駅までの切符を買い電車に乗った。電車は出勤する人達でかなり混み合っていた。電車が動き出してしばらく経った頃だった。前方の運転台のある方向から車掌さんが何か言いながら人の間を縫ってこちらに近づいて来るのが見えた。立ってつり革につかまっていた私の耳にだんだん近づく車掌さんの声が聞こえて来た。

「三成の駅で財布をお忘れの方、いませんか？　茶色の小さい財布ですが…。椅子の上に置いてありました」

車掌さんの声を聞いて私は「財布はお金を払ったらすぐかばんにしまうものなのに、誰が椅子の上なんかに置き忘れ……?」と思いかけて途中で「三成駅」「茶色の小さな財布」「椅子の上」という単語を反芻してみてはっとした。私の財布も茶色だし、今日は切符を買った後、財布をかばんに入れた記憶がないのだ。私はかばんを開けて財布を捜した。ない！　慌てて車掌さんを呼び止めて「あのう、私の財布ですけど」と言った。車掌さんは、私を疑いもせず「ああ、そうですか」と握っていた財布を差し出し「中を確かめて見て下さい」と言った。いくら入っていたかは調べてはいなかったが切符を買うくらいのわずかのお金しか入れていなかったので、「あります。ありがとうございました」と車掌さんにお礼を言った。

「今まで一度も財布を置き忘れたことなどなかったのに、今日はどうして椅子の上なんかに置いて来たんだろう。三成にもう一度引き返して来いということだろうか……」などと考えているうちに木次駅に着いた。

次の日、午前中の授業が終わり、お昼の休憩時間に入った頃だった。友達と話をしていた私のところに職員室から伝言が届いた。木次の叔父の家から学校に電話があり、私に「急用だからすぐ木次の家に帰って来るように」とのことだった。

すぐにバスに乗り木次の家に帰った。家に着くと母と叔父が私の帰りを待っていた。「三成の伯父さんが、倒れられたそうだけん、今すぐ出発すーけんね。車に乗うなはい」と叔父が言った。すぐ、医師の叔父が車を運転し、看護師の母と私は後ろの席に乗り出発した。

車の中で、母から三成の伯父のことを聞いた。今朝、近所の人が伯父に用事があって、伯父の家を訪ねたところ、いつもなら開いているはずの玄関のドアが閉まったままになっていたので、異変を感じトイレの廊下の柵を乗り越えて中に入って見ると、伯父が廊下で倒れていたという。今、伯父の状態はどうなのか、詳しい事はよく分からないとのことだった。

母の話を聞いて、昨日の朝、三成の駅で、財布を椅子の上に置き忘れたり、近道をして駅に向かって歩いている時、外はもう明るいのに水溜まりに足を突っ込んだりして、いつもの私とは違っていて何か変だなと思ったことや、私が三成に帰った時の伯父の様子がいつもと違う喜びようで、卵どんぶりの御馳走を作ってくれたこと、早朝に駅の近くまで見送ってくれたことなど思い返して見て、やはり虫の知らせだったのかと、じっと黙って考えていた。

伯父との別れ

三成の家に着くと、伯父は、こたつのある部屋に普段の服のまま寝かされていた。知らせを受けたらしく鳥上の叔母が来ていた。

伯父は頭の片方が、青紫色に腫れていて、低くいびきをかいていた。脳出血のようだった。木次の叔父は、伯父のその容態を診て、もう助からないからしばらくそのまま見守ってあげるようにと私達に伝えて木次に帰って行った。

伯父のいびきがだんだん小さくなって行った。私はしばらく伯父の手首の親指の付け根に指を当てて脈拍を確かめていた。脈拍もだんだん弱くなり、指で感じられなくなって行った。

夕方五時過ぎ、伯父は私達三人に見守られて息を引きとった。


伯父の葬儀の日、僧侶の読経が終わりに近づいた頃だったと思う。今まで気を張り詰めていて何も考えることができなかった私の心に突然、言いようのない悲しみが一気に押し寄せて来た。私は声を上げておいおいと泣いた。前の方に座っていた母や鳥上の叔母が、私の泣き声に驚いて振り返ったほどだったが、自分で抑えようとしても抑えることのできない嗚咽がのどの奥の方から込み上げてきてどうすることもできなかった。傍に誰もいない三成の家でただ独り、不慮の最期を迎えなければならなかった伯父が不憫でならなかった。「傍にいて上げられなくてごめんなさい」。「今まで優しくして下さったのに、ありがとうも言えなくてごめんなさい」。伯父へのいろんな思いが重なってなかなか泣き止むことができなかった。

入棺が終わり最後のお別れに、伯父の顔を拝んだ時、安らかな笑みを浮かべているように見えて慰められ、私の悲しみは徐々に和らいで行ったのだった。

私が三成に来て、伯母がまだ元気だった頃、伯父はよく韓国にいた頃のことを懐かしそうに話していた。どんな話だったかはよくは覚えていないが、韓国で公立学校の校長をしていた伯父だったので、学校の子供達の話をする時は、まるで自分の息子の話をするかのように愛情たっぷりにユーモアを交えて話していた。また韓国の各地を旅行して楽しかったことなどもよく話していた。

終戦後、三成に帰って来てからは、長男として両親を支え、慣れない手で農業を始めたのだった。昭和二十四年一月に、島根県知事の名で正式に送られて来た父の「死亡告知書」によって父の戦死が明らかになった後、伯父は父の葬儀にお寺より二人の僧侶を家に招いて盛大に行った。その時私は五歳でまだ中野にいる頃だったが、中野の伯母と一緒に三成に来て、葬儀に参加したことをぼんやりと覚えている。

伯父は、仏教に信心があって先祖の法事の日は、お寺から一晩泊まりで和尚さんを招き、夜は和尚さんの説教を熱心に聞き、時々質問などをしたりしていた。そんな時、私は、お二人の問答も理解できず、早く床に就きたいとばかり思っていたことが、今は懐かしい思い出となって心に残っている。

父親代わりとして時には厳しく、時には優しく接しながら、真心を持って私を育ててくれた。自分のことは顧みず、人の仕事の世話をしたり、相談に乗ったりしていて、家でゆっくり身体を休めている伯父を私は見た事がなかった。無理をした結果が、伯父のこの世の最期を早めたのかもしれないが、それもまた伯父の背負って生まれた運命として受け止めて、今はただ伯父への深い感謝の思いを捧げたい。

第五章　皆が願う平和な世界

これまで『山野に咲く白百合』（我が生い立ちの記）を書き進めて来た私も、もう今まで歩んできた人生行路よりもこれから歩む行路の方が大分短くなってしまったが、私の願いは今も昔も変わることはない。幼い子供の頃から、ずっとひとりぼっちだった私は、和やかで幸せな家庭にあこがれていた。幸せな家庭とは、優しい父母がいて、仲良しの兄弟姉妹がいて互いに信頼と愛の絆で結ばれた明るい家庭のことであり、その幸せな家庭の集合体が一つの国家となるならば、各国家間に紛争や戦争が起こることのない、互いに信頼関係で結ばれた平和な世界の実現は、決して夢ではないのである。

母がまだ元気でいた頃、休暇で韓国から帰って来た私に、母は昔の思い出話に、太平洋戦争の終戦を知った時のことを話してくれたことがある。「戦争が終わったことを知った時は、今までお父さんの戦死の知らせがなかったから、お父さんは、もうすぐ帰って来ると思うとうれしくて、うれしくて、どんなきつい野良仕事をしても辛いと思ったことはなかったわ」と話した。昭和二十年

（一九四五）八月十五日の終戦の日から、母は四年という長い歳月を毎日、毎日、ひたすらに夫の帰りを待ち続けたのだった。

昭和時代の流行歌に、二葉百合子が歌った「岸壁の母」と題する歌がある。「岸壁の母」とは第二次世界大戦後ソ連による抑留から解放され、引き揚げ船で桟橋（岸壁）へ帰って来る息子の帰りを待つ母親の姿を見て歌にしたもので、その一人である端野いせをモデルとして作られた流行歌である。

母は来ました　今日も来た
この岸壁に　今日も来た
とどかぬ願いと知りながら
もしやもしやに　ひかされて
もしやもしやに　ひかされて

この歌は昭和、平成時代前期の頃は、昭和の歌謡曲としてよく歌われ、テレビやラジオを通してよく聴いたものである。この歌を聴くたびに私は、母の姿と重ね合わせて思うのだった。
終戦の日まで、島根県知事の名による「死亡告知書」なるものを受け取らなかったために、夫は必ず帰って来ると信じてひたすら待ち続けた母、山に焚き木を取りに行っても、畑で野良仕事をしていても家の前を流れる三刀屋川の橋を渡ったところにあるバスの停留所にバスが来る時刻になると、仕事の手を休めて「もしやもしや」と毎日毎日切ない思いで、待ち続けたことだろうと思うと母が不憫に思えてならなかった。しかし母は、夫の戦死を知った後、三成の伯父の前で「子供は私が一人で立派に育てます」と凛とした態度で誓った。その時の母の姿を想像すると、我が子を思う母の深い愛に頭が下がる思いがする。

今もなお、世界の至る所で主義、思想の違いによる紛争や戦争が続いている。しかし、人間同士が殺し合いをするような残酷な戦争を本心から望む人がいるであろうか。いるとすれば利己主義で凝り固まった邪悪な支配欲、征服欲を持った人間であり、決して本心の願う幸せな家庭も平和な世界も築くことはできない。この天地、宇宙を創造された神は、愛によって人間を創られたので、私達人間は、本心から来る幸せな人生を生きるために、それぞれの環境で、天から与えられた一人一人の個性を生かし、切磋琢磨しながら、互いに信頼し、助け合い未来に希望を持って生きて行けば、今の混沌とした現実社会の中で、希望の光となり、近い未来に、必ず戦争のない平和な世界が訪れることを信じてやまない。

野山に咲く花のように

野山にひっそりと咲く花は
人に「美しい」「きれいだ」とほめられもせず
認められもせず
ただ静かに咲いて
旅する人の心をなごませ
悩める人の心をなぐさめてくれる

激しい風雨にさらされる日も
かんかん照りの暑い日も
いつもじっと黙って耐えて
その葉を大空に向かって力いっぱい広げ
その根を地中に伸ばしてしっかりと張り
ひっそりと可憐な花を見事に咲かせる
野山に咲くその花のように

いつも静かに微笑んで
ほのかな温もりを与えてくれる
そういう者に私はなりたい

右に記した詩は、私が韓国外国語大学に在任中、宮沢賢治（一八九六～一九三三）の生誕百年を記念して『雨ニモマケズ』の詩の最後の節「サウイフモノニ　ワタシハナリタイ（そういう者に私はなりたい）」をテーマにして学生達が作った詩集に載せた詩である。

人に認められるような優れたものを何一つ持ち合わせていない私であっても、縁あって私と出会った人達や、これから出会う人達、また「悲しんでいる人たち」「心の飢え渇いている人たち」に、ほのかな温もりと安らぎを与えることのできる私になりたいと心から願っている。

『我が生い立ちの記』に添えて

安井杲重

和美さんの知らないお父様を私が初めて見たのは、小学校の一年生だったと思う。乳歯が生え代わる時に、父が三成の安部医院の隣りにあった福田歯科医院に私を連れて行った。父は受け付けだけしておいて私を残して安部医院へ行っていた。

歯医者が終わったら、お父様と父が窓からのぞいて見て迎えに来てくれて多分お茶など飲んで帰ったと思う。

安部家も佐佐木家も同じように教育熱心な家であったが、あまり裕福だとは言えなかったと思う。その中で子供に高等教育を受けさせるのは大変であっただろう。でも、男の子は自立しなければならないので、長男は財産を受け継ぐから、次男以下には大学までという信念でやってこれたと、私の祖母は話してくれた。和美さんのお父様の母上は佐佐木家から嫁いだので、私の祖父と兄妹である故、子供の年頃も同じだから同じ思いだったと思う。

富之助さんと私の伯父千代雄は、同年で二人とも松江中学（その頃県下に松江に一校だけ、農林学校も松江に一校だけしかなく、後になり大社に無試験中学、益田に無試験農林学校が一校だけできたものだそうだ）で同窓であった。卒業して二人ともに慈恵医大をめざして受験したが、富之助さんは受かり、千代雄さんは失敗して一年浪人して慶応へ入った。千代雄さんは佐佐木の兄弟で一番出来が良かったはずだったのに失敗したという。他の兄弟は皆農林を出て次男は水戸の工業大学、四男は早稲田を出ているが、いかに慈恵が難しかったか分かる気がした。

三成のおばあさんが馬木の佐佐木へ泊りに来られると、祖母と子供を育てる時の学資の苦労話をされるのを子供心に覚えている。

昭和十六年の夏早朝、祖母のただならぬ声に起こされた。父が大変だから母を呼んで帰れといういいつけで、田んぼで草刈りをしていた母を呼んで帰ったら父が台所で倒れていた。母が富山の置き薬を何か飲ませたら気がついて、いったんは安心したが、その日は小学校の遠足で一日中父のことが心配で楽しくなかった。夕方、三成から富之助さんが看護婦さんを連れて往診して下さった。そして私が薬をもらいに行くという大役で、夜、その車で三成に行った。その夜は三成で泊まってあくる朝早くおばあさんに起こされ、三成の駅まで送ってもらい生まれて初めて一人で汽車に乗り、八川《やかわ》から歩いて学校へ行き、薬を持って家へ帰った記憶がある。父は腎臓が悪くなっていて色々薬で治療してもらったがよくならず入院ということになった。

父は松江の日赤病院へ入ったが、薬も内容を全部富之助さんから聞いて知っていて、日赤も同じだったので、もう治らないと覚悟したようだ。後に父が亡くなってからその時に書いた遺書の様なものが出てきたが、子供を残して亡くなる親の気持ちは皆同じだと思う。

だけど、父はその時日赤に入院している他の患者さんから「大阪に絶食して治す病院がある」と聞いたそうで、自分一人の意志でそこへ転院し、絶食で治して元気になって帰って来た。そして富之助さんと一緒で昭和十九年三月に召集されて陸軍少尉として出征したが、幸い内地勤務だったので帰って来た。父は兄弟が集まった時等、「富さんがいたらなあ」「三成の兄弟で富さんが一番よかったなあ」と話していた事を聞いたことがある。後に馬木の高橋というお医者さんが開業された時に三成の倉の中から残っていた医療器具を用立てたと聞く。

和美さんのお母さんに初めてお会いしたのは、私が横田高校の学生の頃、時々土日に馬木へ帰らず（横田で下宿していた故）鳥上へ行った時だった。

和美さんの二人の兄さんや須川の子供達と一緒にいるお母さんを見て何てきれいなしっかりしたおばさんだろうと、多くは語られなかったが、あこがれの様な気持ちを抱いた。そして馬木の家族は、「女親一人、子供を連れて気疲れな事ばかりだろうが、上手にやって居られる」と親達が話していた記憶がある。

私が中野へ嫁ぐと決まった後だったと思うが、鳥上に行った時、お母様から半衿を頂いた。ピンクの地色にきれいな花柄がついている。まだ大切にしまっている。

何よりもお母様にお世話になり、今でも感謝している事は、私が中野へ嫁いで一年三か月が経った時のことである。五月十三日午前十一時頃だったと思う。庭先の田んぼで義母と田植えをしている時、母が何か気持ちが悪いと言い出したので、すぐ田から上がって納屋の縁側へ腰をおろしてもらい、その頃はまだ田んぼへ入るのは素足だったから足を洗い、主治医からもらった薬を持って来いと自分で指示して薬を飲んだが、その内に意識が無くなって行った。すぐお医者さんに来てもらったが、残念なことに意識が戻ることなく亡くなってしまうことになった。

三成の伯父様とお母様がすぐ来て下さって、お母様には最後まで看病して頂いて本当に心強くて助かった。あの時の御恩は生涯忘れられない。その後、法事等終わって、和美さんには伯父様、私には義父に「自分に縁のある嫁をと言って望まれたのに、こんなにすぐ亡くなってしまうのなら、他人の嫁でよかったのに」と愚痴を言ったら、父の答えは「死んだ後も法事やら何やら後からやっぱり拝んでもらうのに縁のある者にしてもらいたいからなあ」と聞いて、「なる程そうであったか、それなら私がさせて頂こう」と亡くなられた仏様のおかげと感謝して暮らさせて頂いている。

和美さんの中野での思い出を読ませて頂いて亡き父母も喜んでいると思います。そして昨年、立派になった兄さんや和美さんが墓参りに来て下さりこんなにうれしい事はありませんでした。もう生涯会う事はないのかと思っていたのに色々話せて本当にうれしかったです。三成の伯父様は会うたびに、和美、和美と自慢しておられたのを思い出します。そしてお母さんの「楽しい人生だった」の言葉には感動しました。あれだけ他人の中で色々気をつかって心の休まる日はなかっただろうと私は思っていたのに、このような言葉が出るなんて、やっぱり尊敬しました。でも、最後に子供に看取られて人生を終えられてよかったですね。

（平成二十一年四月十日）

著者　奈田和美（なだ かずみ）
1944年2月生まれ、島根県仁多郡奥出雲町出身。
鳥取大学医学部3年生で韓国へ留学。
鳥取大学教育学部卒業。
韓国外国語大学教育大学院卒業。
（1986年2月修士学位）
高麗大学大学院博士課程國語國文科修了。
（1992年8月修了）

山野に咲く白百合
—天国の母に捧ぐ—『我が生い立ちの記』より

発行日　2024年7月30日　第1版第1刷
著　者　奈 田 和 美
発　行　北國新聞社
〒920-8588
石川県金沢市南町2番1号
TEL 076-260-3587（出版部）
電子メール syuppan@hokkoku.co.jp

ISBN978-4-8330-2318-4 C0023